# 아무런 대가 없이
# 건네는 다정

# 아무런 대가 없이
# 건네는 다정

**초판 1쇄 발행** 2021년 12월 13일
**초판 16쇄 발행** 2022년 1월 21일

**지은이** 하태완
**펴낸이** 이경희

**펴낸곳** 빅피시
**출판등록** 2021년 4월 6일 제2021-000115호
**주소** 서울시 마포구 월드컵북로 402, KGIT 16층 1601-1호
**이메일** bigfish@thebigfish.kr


값 16,500원
ISBN 979-11-91825-16-9 (03810)

# 아무런 대가 없이 건네는 다정

하태완 에세이

어쩌면 내게 꼭 필요했던 위로

빅피시
BIG FISH

## 들어서며

대가를 바라지 않는 사랑과

억겁의 다정을 한데 모아,

귀한 당신에게.

# 차례

( 2부 )

## 네가 읽고 싶은 밤

( 3부 )

## 나를 살게 하는 단어들



( 4부 )

## 사람을 곁에 둔다는 것

너의 아름다움을 새롭게 해주고 싶다.
우리들의 마음이 차분히 가라앉고
감사히 모든 괴로움을 넘어서서
행복해질 때까지.
낮과 밤에, 오늘과 내일에
다정하게 인사할 때까지.
모든 행위를 넘어서,
빛에 둘러싸인 사랑으로
평화 속을 조용히 거닐 수 있을 때까지.

_**헤르만 헤세**, 〈**사랑**〉 중

1부

# 지친 마음에게

## ( 많이 힘든 하루였나요 )

투정 한번 부리기도 어려운
고된 하루를 보냈다는 걸 알아요.

마음 가득 힘듦 같은 것들이
빈틈없이 빼곡하게 들어차 있어도,
아무도 모르게 큰 한숨 내뱉는 일 외에는
딱히 할 수 있는 것도 없었다는 사실을요.

끝날 기미도 없이 반복되는 고통 속에서
당신은 얼마나 필사적으로 버텨왔던 건가요.
얼마나 많은 즐거움을 아쉽게 포기하며
포악하기 짝이 없는 현실에
고개를 숙이고야 말았나요.

고작 말뿐인 빈약한 위로이지만,
너무도 애틋한 당신의 그 삶 위에다
'괜찮다'라는 말 하나 조용히 얹어주고 싶어요.
아무것도 모르는 남의 시선이 어떤 모양이든,
당신은 하루하루에 늘 최선으로 임했을 테니까.

그 누구도 귀 기울이지 않았던 당신의 슬픔을
이제는 내가 작은 박동 하나 놓치지 않고서
전부 귀담아듣고 포옹 같은 위로를 건넬게요.

수많은 두려움과 외로움, 그리고 아픔은
싹이 돋아나기 전의 작은 씨앗 하나처럼
오히려 어려움을 뚫고 나갈 강한 내면의 힘이 되어,
끝끝내 당신은 희망 같은 이파리를 틔울 거예요.

내가 당신의 주눅 든 한숨과
그 속에 사는 쓸쓸함을 다 알 수는 없겠지만,
전부 잠시뿐인 찰나의 따끔거림일 거라고,
너무 견디기 벅차다면 내게 안겨도 좋다고,
다 괜찮을 거라고 환히 웃으며 말해줄게요.

## ( 너무 힘들다면 )
## 아무 생각 말고 그만둬도 돼

힘내라는 말과 조금만 참아보자는 말이
좀처럼 다정하게 와닿지 않을 만큼
많이 지치고 망가져 버릴 때가 있다.

평소 같았으면 그 말들에서 적당한 위로를 얻어
다시금 나아갈 힘을 채우기도 했겠지만,
마음이 너무 너덜해진 나머지
그 말들이 괜한 앓는 소리 그만 내고
한시라도 빨리 참고 이겨내라는 뜻으로만
받아들여지는 거다.

하던 일을 포기하고 그만둔다는 행동 자체가
실패자의 특징일 뿐이라고 단정 지어지는 세상.

하지만 나는 절대 그렇게 생각하지 않는다.
정말이지 어떠한 힘도 내지 못할 만큼
손을 꽉 쥐고 있는 것에 지쳐버렸을 때는,
잠깐의 고민도 없이 그 일을 그만둬도 된다.

아무리 사회적 성공과 성취가 중요하다고 한들,
내면의 안녕과 나 자신의 행복보다 중요한 건
세상 그 어디에도 없을 테니까.

우리에게는 너무 힘든 상황을
애써 견뎌내야만 하는 의무가 없고,
타인에게 미움받지 않기 위해
내가 싫은 일을 억지로 할 필요 또한 없다.

내가 가장 믿는 사람의
"너무 힘들다면 아무 생각 말고 그만둬도 돼."
라는 따뜻한 한 문장만 내게 온다면,

나는 그제야 먼지가 잔뜩 묻은 무릎을 털고서
활짝 웃는 얼굴로 어디로든 나아갈 수 있다.

## ( 먼저 행복하기 )

네가 먼저 웃고,

네가 먼저 행복하고,

네가 먼저 사랑하기를.

언제까지고 양보와 배려라는 이름 아래

네 기쁨을 저 뒤로 미뤄둘 생각은 말고,

제발 네가 먼저 깊은 행복에 두 발을 담그기를.

저 사람의 표정이 일그러져 있건,

이 사람의 마음이 시커멓게 타버렸건,

지금 네 표정과 마음만큼 불쌍할 리 없으니

뻔뻔하고 이기적일 만큼 네가 우선이 되기를.

이제는 네가 행복해져도 될 차례니까.

너부터 웃고,

너부터 행복하고,

너부터 사랑해도 되는 거니까.

## ( 언제나 그랬듯 또 봄은 온다 )

가을 색으로 시든 단풍들이 바닥으로 우수수 떨어지는 모습을 보며 문득 든 생각이 있다.

'아래로 하염없이 떨어지는 것도
때로는 너무 아름답고 예뻐 보일 수가 있네.'

늘 무언가에서 멀어지지 않으려, 낮고 어두운 곳으로 가지 않으려 애쓰며 살아왔던 나였다. 이미 끝난 관계라는 걸 뼈저리게 느끼면서도 꽉 쥔 손의 힘을 풀지 않았고, 내 몸을 실은 인생이란 기차가 원하던 목적지에서 한참 벗어나 달려도 겁이 나 섣불리 뛰어내리지 못했다.

그런데 고작 떨어지고 바스러지면 그만인 단풍들이 내게 신선한 용기를 주는 게 아닌가.

스스로 할 만큼 했다고,
이만하면 충분하지 않았냐고 느낀다면
미련 없이 그것에서 멀어져도 된다고.

이제는 정말 아닌 시절을 그곳에 놔두고 때에 맞춰 이렇게 우수수 떨어지고 도망쳐도 되는 거라고. 다음을 기약하는 일은 네 생각보다 훨씬 더 아름답고 결코 남부끄러운 선택이 아닐 거라고 말이다.

생각해보면 정말로 그랬다. 진짜 볼품없는 것은 떨어지는 낙엽이 아니라 때를 놓쳐 대롱대롱 매달려 있는 늙고 빛바랜 이파리였고, 언제 그랬냐는 듯 또 봄이 오곤 했다.

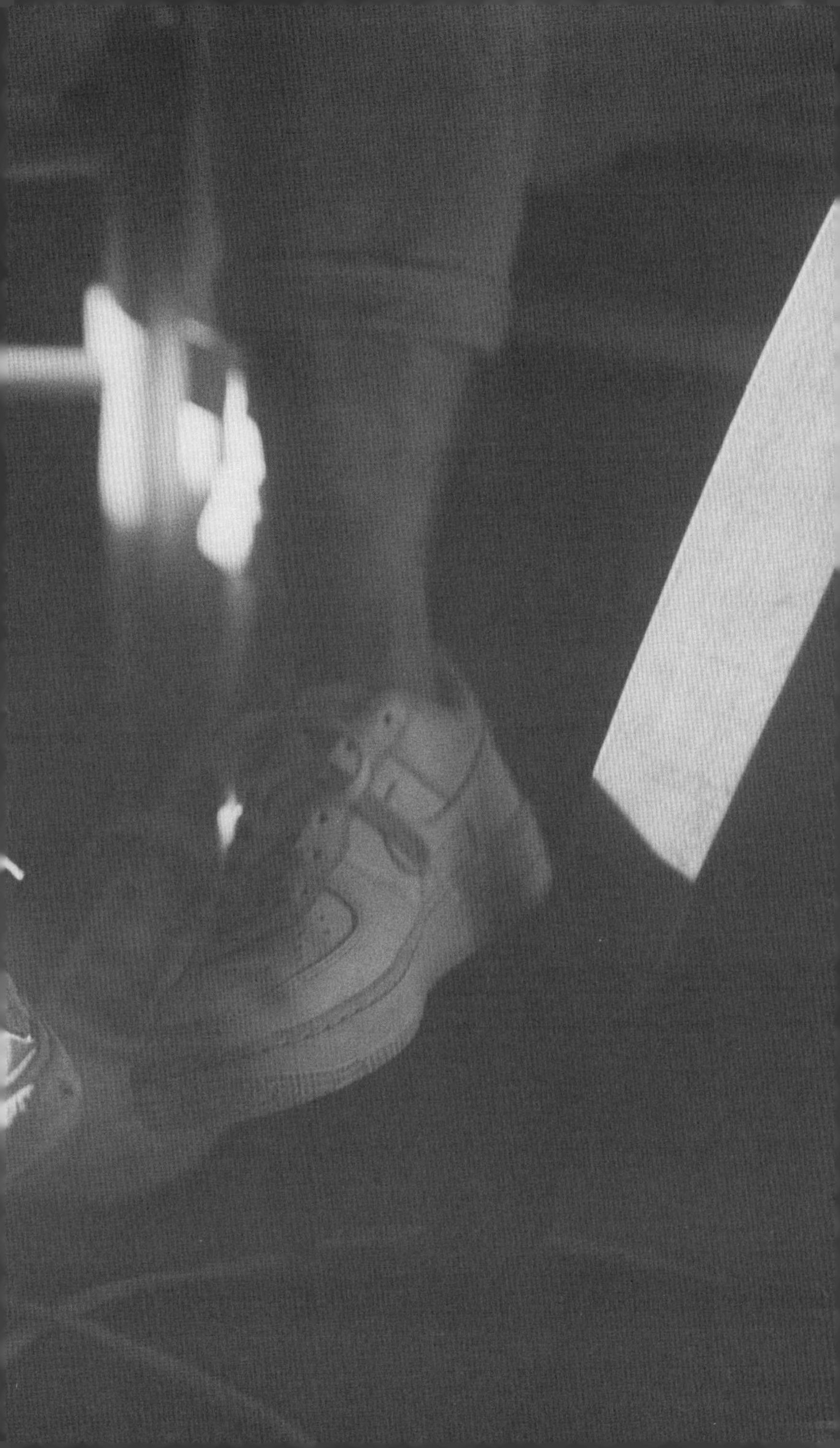

# ( 삶의 이유 )

힘내라는 말조차 사치처럼 느껴지는 요즘이다.

그럼에도 나는
고마워,
사랑해,
네가 활짝 웃었으면 좋겠어,
수고 많았어,
고생했어, 같은 말의 힘을 여전히 믿는다.

아직은 죽지 않아도 되는 이유인 것만 같아서.

## ( 우리는 모두가 처음이니까 )

처음이니 실수할 수도 있고
잘 몰라서 허둥댈 수도 있지.

시작부터 달인인 양
휙휙 잘해내는 사람은
어디에도 없을 테니까.

그러니까 네가 지나온 길이
조금 비뚤어지고 살짝 어긋나 있다 해도,
'이겨내느라 고생 많았어' 하고
한 번만 뒤돌아 스스로를 토닥이고
계속해서 걸어나가자.

누구에게나 처음은 있고,
자고로 처음이라 하면
몹시도 서툰 모습이어야만
그 의미가 짙어지는 법이야.

할 수 있다.
충분히 잘하고 있다.
다 괜찮아질 거다.
우리는 모두가 처음이니까.

그 어디에서든
내가 항상 응원할게.

## ( 언제든지 나를 찾아도 괜찮아 )

그러니까 말이야,

정말 견디기 어려울 만큼 힘든 때가 온다면

아무렇지 않다는 듯 나를 찾아도 된다는 뜻이야.

꼭 무언가를 털어놓지 않아도 괜찮고,

잠깐 만나 먹고 싶은 음식만 잔뜩 먹어도 좋아.

그러다 도저히 참기 힘들어 술이 필요하게 된다면,

나는 답답하고 주눅 들어 있을 너를 위해서

기꺼이 그날 하루를 전부 할애할 수도 있어.

나 또한 세상을 옳은 방향으로만 살아왔다거나

뛰어나게 현명한 사람은 아니라서,

네가 건넨 힘듦과 고민에 대한 적절한 해답을

뚝딱 만들어서 선물하지는 못할 거야.

하지만 너의 마음속 고통을

어디론가 절반 즈음이라도 덜어내고 싶을 때는

귀를 열고 마음을 힘껏 부풀려

그 아픔을 잠깐이나마 나누어 가질게.

낮과 밤이 수시로 그 모습을 익살스럽게 바꾸고

그 속에 들어 사는 사람들의 흐린 마음 또한

눅눅하고 불투명한 것들로 가려져 알기 힘든 이곳에서,

우리만큼은 서로의 부끄러운 세상살이를

허물없이 보여주고 들어줄 수 있었으면 좋겠어.

영원히 잊고 싶지 않은 사람이

이 세계를 영영 떠나게 되었을 때

예쁜 꽃을 한 아름 들고 종종 만나러 가는 것처럼,

우리는 우리가 서로를 보고 싶어 할 때

망설이지 않고 반가운 만남을 가져서
이야기꽃이든 웃음꽃이든 잔뜩 피워내자.

나만 밝아지지 못할 것 같은 아침이 오거나
나만 잠들지 못할 것 같은 밤이 온다면,
그 어떠한 계산도 하지 말고 무작정 나를 찾아.

## ( 눈이 올 것 같은 하늘 )

요즘 하늘을 보고 있자면 머지않아 눈이 올 것 같지 않나요?

제가 있는 곳은 비가 조금 내리고 있는데 이 추위에는 어쩔 도리 없이 금방이라도 얼어버리고 말 것 같아요. 내일은 눈이 올까요. 아니면 그다음 날이나 되어야 얼굴을 내밀어줄까요.

첫눈이 오면 당장이라도 만나러 가고 싶은 사람이 있습니다. 매년 꼭 한 번씩은 있는 첫눈 내리는 날이지만, 매번 꼭 함께하고 싶은 사람이 생기기 마련이니까요. 옷과 머리가 조금 젖는대도 그 사람과 첫눈을 맞으며 같이 걷고 싶습니다. 떨어지는 눈송이 사이에서 사랑하는 사람과 두런두런 이야기 나누며 걷는 것도 무척 낭만적일 거예요. 흰 햇볕이 보드랍게 내리쬐고 하늘이 새파랗게 뒤덮인 날보다는, 겨울이 겨울답도록 온 세상에 첫눈이 포옹처럼 내리는 날이 내게는 더 좋은 날이에요.

오늘부터는 겨울의 초입이면 언제나 그랬듯 아침에 눈을 뜨자마자 창문을 열어젖히고 바깥을 내다볼 것 같습니다. 눈이 천천히 내리고 있지 않는대도 괜찮고요. 김이 모락모락 나는 따뜻한 차 한잔 우려 마시는 것도 좋겠어요. 언제가 됐든 첫눈은 내게 오기 마련이니까 그 정도쯤은 의젓하게 기다릴 수 있습니다.

당신도 이번 겨울 이곳에 들를 최초의 눈을 기다리고 있나요? 혹 맞는다면 그 좋은 날에 함께하고 싶은 사람을 틈틈이 그려보기도 하나요?

이 또한 우연처럼 내가 맞춘 거라면 그 사람이 나이기를 간절히 소망합니다. 이런 초조한 마음이 당신에겐 부담일까요. 만약 아니라면 우리 첫눈 오는 날에 만나 어디든 걸어요. 그 자리에 가만히 서서 눈을 맞고만 있어도 아무렴 좋을 테지만요.

이따금 불어오는 바람이 많이 차갑네요. 아프지 말고 끼니 거르지 말고 있어요. 우리는 곧 만나게 될 테니 그때 못다 한 이야기 많이 해요.

첫눈이 오면 함께 어디든 걷고 싶은 사람이 있습니다.

## ( 시력 )

나는 시력이 꽤 나쁜 편이라
특별한 날이 아니면
평소에는 안경을 꼭 쓰곤 하는데,

아주 가끔
안경을 벗어둔 채
외출할 때가 있다.

수국이 잔뜩 핀 초여름과
손톱 달이 휘영하게 뜨고
하얀 별이 알알이 박혀 있는
깊고 어두운 밤처럼,

내가 이 세상에서
가장 아름답다 여기는 것들을
바라보기 위해 밖으로 나갈 때면
일부러 안경을 쓰지 않고 집을 나선다.

그렇게 흐려진 시선으로 바라보면
그 예쁜 달과 별과 꽃들이
여러 겹으로 겹쳐져 보이는데,

그것들을 통해서
내가 느끼는 아름다움 또한
몇 배나 커지는 것만 같은
행복한 느낌이 들기 때문이다.

여러 겹의 달과
여러 겹의 별과
여러 겹의 꽃.

모두 이 세상에
하나씩만 존재해주어도

넘치도록 아름다운 것들인데,

그것들이 여러 개가 되어

내 앞에 나타난다는 건

틀림없는 여러 겹의 행복이다.

## ( 지혜로운 사람 )

지혜로운 사람이란, 자신이 받게 될 스트레스를 스스로 덜어낼 줄 아는 사람을 뜻하는 것이었다.

누구에게나 동등하게 주어지는 한정된 시간 중에서, 더도 말고 덜도 말고 단 20분만이라도 나의 것으로 만들 줄 아는 것. 평소보다 20분 먼저 일어나 아침을 맞이하고, 약속된 시간보다 20분 먼저 움직이는 것. 매번 시간에 쫓기는 바쁜 삶 대신, 틈새 시간을 활용할 줄 아는 삶을 택하는 것. 그것만으로도 나를 압박해오며 초조하게 만드는 무언가로부터 무사히 벗어날 여유를 가질 수 있게 된다.

당장 해치워야만 하는 일을 미루지 않는 것 또한 비슷한 맥락의 지혜이다. 청소와 설거짓거리를 쌓아두지 않고, 계획한 운동을 꾸준히 반복하며 성취도를 높이고, 내일의 나에게 무리가 되지 않도록 오늘의 내게 주어진 몫을 제때 해내는 것. 이처럼 내면의 방해꾼과 끊임없이 힘 겨루며 잦은 승리를 취하는 습관은, 이미 내 속에 축적된 스트레스를 한 움큼 덜어줄 뿐 아니라 무너진 자존감을 바로 세워주는 지지대 역할을 톡톡히 해낸다.

마지막으로는 '내 사람'을 곁에 둘 줄 아는 것이다. 혼자만의 힘으로는 도저히 벗어날 수 없는 고통 앞에 놓였거나, 무거운 불안과 걱정이 나를 거세게 짓누르고야 말 때면 잠시 몸을 편히 뉘여 쉴 수 있는 곳이 간절해진다. 그때의 나에게 기꺼이 쉴 곳을 내어주며 함께 시간을 보내주는 사람. 내게 다정한 치유가 되어주며, 이후에 나아가면 좋을 방향과 그 길 위에서 품어야 할 생각을 일깨워 주는 사람. 그런 절대적인 존재가 바로 '내 사람'이다.

이렇듯 지혜로운 사람은 행복과 좋은 삶이 아주 작은 습관에서부터 시작된다는 것을 잘 알고 있으며, 결코 어려움을 혼자만의 힘으로 이겨내고자 하는 아집을 부리지 않는다. 때로는 내가 여전히 부족한 사람임을 인정하고서, 내 마음과 주변의 소리에 귀 기울일 줄 아는 것. 이 또한 나를 사랑하는 방법이며 필히 지녀야만 하는 지혜 중 하나가 아닐까 싶다.

# ( 먹구름 )

있잖아, 칙칙한 먹구름은 말이야.
여기저기서 삐져나온 걱정들로 만들어져.

어쩌면 그 때문일까,
비가 잔뜩 쏟아지는 날이면
우리는 늘 근심 가득한 표정으로 살아가.

아마도 지난날에 흘려보낸 걱정들을
다시금 마주했기 때문일 거야.

그래서 온 세상이 실컷 젖은 뒤에야
파랗게 갠 하늘을 목격한 뒤에야

우리는 한시름 놓고 샐쭉 웃는 거야, 그제야.

그래서 걱정이 너무 많은 날에는 있잖아,
창밖으로 비가 엄청 많이 내리면 있잖아,

우리는 너무 슬퍼
어쩔 줄을 모르는 거야.

저기 또 한 움큼의 먹구름이 둥실 떠 있어.
나는 또 온 세상이 아프고 곧 비가 내릴 거래.

## ( 고독은 모두에게 공평하다 )

우리는 누구라고 할 것 없이
모두가 고독하고,
그 곁에 몇 겹의 옷가지를 입힌다 한들
삐져나오는 그리움을 멎게 할 방법은 없다.

견디지 못할 것만 같은 어떤 일들도
결국엔 꾸역꾸역 견뎌내야만 할 때가 있다는 것.

## ( 감정 기복 )

정말 아무것도 아닌 일로도
금세 기분이 바닥을 치고
울먹이기 일쑤인 사람.

혹여 미움받지 않을까 걱정하고
애써 밝은 척을 해대면서까지
누군가의 환심을 사려 노력하는 사람.

나는 이렇듯 감정의 골이
쓸데없이 깊은 사람이라
속으로 앓는 경우가 잦다.

감정의 변화,

그러니까 감정 기복이 너무 심한 이 천성을
나는 줄곧 미워하고 원망하기 일쑤였다.

하지만 이제는
전혀 다른 생각을 함으로써
나 자신을 토닥토닥 위로하곤 한다.

감정 기복이 심하다는 건,
그만큼 환히 웃을 때도
셀 수 없을 만큼 많다는 뜻이니까.

아무것도 아닌 일로 슬퍼한 시간만큼
아무것도 아닌 일로 기뻐하는 시간도
동등한 횟수로 내게 오는 거니까.

"나는 감정 기복이 심한 사람이지만
그 덕에 더 자주 행복할 수 있는 사람이야."

생각의 모양 하나 바꿨을 뿐인데
내 하루가 이렇게나 포근해졌다.

## ( 강도 높은 긍정 훈련 )

부정적인 감정을 습관처럼 계속해서 만들어내는 행위는, 결국 나 자신을 파괴하도록 만든다. 본디 인간은 우리의 생각보다도 훨씬 무르고 어리석어서, 부정적인 감정을 부풀리는 일을 반복해서 행하다 보면 어느 순간 절반쯤 갉아 먹힌 자신을 발견하게 된다.

슬픔과 불안 속에 머리를 처박고
이러다 정말 죽겠다 싶을 때까지도
다시금 고개를 치켜들 생각조차 않는 것.

굳이 하지 않아도 될 걱정까지 한 톨 한 톨 쓸데없이 긁어모아, 자려고 누운 침대의 머리맡에다 잔뜩 흩뿌려놓는 것. 내게 오는 행복이 분명함에도, 고개를 휘저으며 등 돌린 채 곧장 불행의 품으로 되돌아가는 것. 활짝 웃어야 마땅할 일이 생겼음에도, 속 깊은 곳에 소중한 웃음을 가둬두고 단단히 굳은 얼굴로 그 후를 살아가는 것.

이러한 감정의 고집들은 끝끝내 나의 삶 전반에 강하게 달라붙어, 나를 '원래 불행했던 인간'으로 전락시키고야 마는 것이다. 그러니까 우리는 부정적인 감정을 저 멀리 떨쳐내고, 긍정적인 감정을 잔뜩 품어야만 한다. 물론 꾸준한 노력이 필요하겠지만 말이다.

그 어떤 장애물이 앞을 가로막더라도, 다리를 넓게 벌려 훌쩍 넘어가야 한다. 고작 한 번의 실패에 머리를 수그리거나, 끝도 없이 찾아오는 어두운 감정에 나의 온 정신을 손쉽게 내어줘서는 안 된다.

나를 고통으로부터 구해낼 수 있는 건,
결국 이 세상에서 나뿐이라는 것.
이를 한시도 잊어서는 안 된다.

강도 높은 훈련과 끊임없는 반복만이 나를 긍정의 바다에 몸 담글 수 있게 한다.

## ( 나는 사실 꽤 괜찮은 사람 )

세상 모든 일에 자신이 없고,
도대체 뭘 해야만 할지 모를 때가 있었다.

굳이 헤아리고 싶지도 않을 만큼의
많은 실패와 좌절 앞에 놓이고 보니,
점점 나조차도 자신을 믿지 못하고
업신여기는 지경까지 가닿더라는 것이다.

나는 못났고, 바보 같고, 우둔하고,
어쩌면 이제 완전히 끝났을지도 모른다고,
그렇게 잔뜩 부정적으로만 생각했다.

하지만 그러면서도 한편으로는

절대로 내가 잘못된 게 아니라,
나를 알아주지 못하는
이 세상이 멍청한 거라고 욕해대는
그런 모순적인 마음을 가지기도 했다.

이 길이 아니라는 것을 너무 잘 알고 있음에도
자꾸만 뒤를 돌아보며 아쉬워하는 모습과
완전히 새로운 길에 처음부터 발을 디딜
멋진 용기 따위 품고 있지 않은 못난 마음이
나를 아주 불쌍한 사람으로 만들기도 했다.

지금도 살아간다는 일이 두렵고
무엇보다 어렵게 느껴지는 건 여전하지만,
그때만큼 아무 의미 없는 자책을 일삼느라
귀중한 시간을 낭비하지는 않을 수 있게 되었다.

무얼 하든 완전한 성공도 실패도 없으며,
해 질 녘의 사탕처럼 달큼한 석양을
멍하니 올려다볼 수 있다는 사실만으로도
나는 꽤 괜찮은 사람이라는 것을, 이제는 아니까.

( **소망** )

당신이 바라는 대로

다 이루어지기를

조용히,

바라고 있습니다.

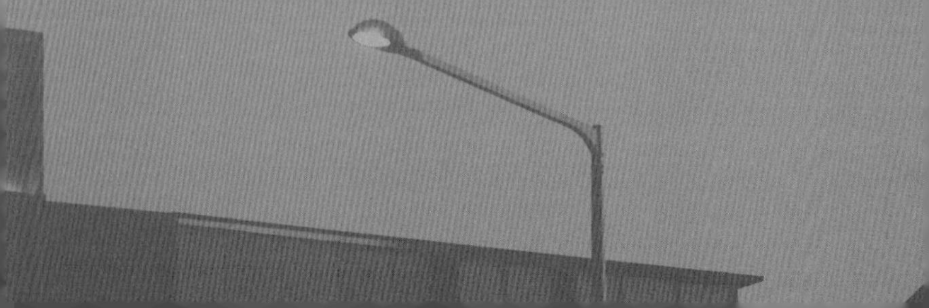

## ( 평범한 하루라도 )

제가 기분이 울적할 때마다, 회복하기 위해 하는 일들을 몇 가지 나누고 싶어서요.

우선 무작정 집을 나서서 익숙한 곳을 천천히 걷습니다. 평소엔 눈길을 잘 주지 못했던 키가 큰 나무와 들꽃과 담벼락에 속으로나마 안부를 묻고요. 작년 이맘때 듣곤 했던 노래를 서너 곡 다시 찾아 듣기도 합니다. 그러는 사이에 뭉게뭉게 떠오르는 하얀색의 지난 시절이 슬픈 속을 포근하게 덮어줍니다.

근처 꽃집에 쭈뼛쭈뼛 들어가 마음을 확 앗아가는 꽃을 한 아름 사오기도 하고요. 자주 가는 서점에 들러 새로 나온 책도 몇 권 사고, 분명 다 채우지 못할 게 뻔한 다이어리도 열심히 고릅니다. 나오는 길에 단골 식당에서 매번 먹던 유부 우동 한 그릇을 깨끗이 비웁니다.

해가 뉘엿뉘엿 지고 이제는 집으로 돌아가고 싶을 때, 문득 떠올리는 것만으로도 애틋해지는 사람에게 전화를 걸어요.

"이제 들어가 봐야겠다. 오늘 전화 받아줘서 고마웠어. 다음에 또 연락할게."

이처럼 멋진 하루를 보낸 것만으로도 어느새 기분은 한껏 좋아져 있습니다.

## ( 손 편지 )

지치지 말자.

제발 지치지만 말자.

힘이 들면 나 지금 힘들다고 미칠 것처럼 힘들다고 고래고래 소리치자. 혼자 아파하지 말고 가끔은 누군가에게 기대어 짐이 되어보기도 하자. 다 놓고 달아나고 싶더라도 지치지만 말자.

지치면 정말 다 끝이지 않나.

무언가를 다시 시작할 수도 없지 않나.

견디지 못할 것 같을 때는 지난날을 모두 헤집어보자. 마음에 드는 기억 하나 집어올려 그것에 잠깐이라도 푹 빠져보자. 그것에서 얻은 용기와 행복을 발판 삼아 한 번만, 정말 딱 한 번만 더 나아가자. 좋아하는 음악을 크게 틀고 눅눅한 여름밤의 짙푸른 하늘을 올려다보자. 수많은 바람과 구름과 별 중에 내가 꿀꺽 삼킬 위로 하나 없을까. 원한다면 술도 진탕 마시고 인적이 드문 곳에서 담배도 한 개비 태우고 사랑하는 사람이든, 미워했던 사람이든 그 이름 한번 입 밖으로 내뱉어보자.

지치지 않을 수만 있다면 뭔들 못 할까. 계속해서 쓰자. 세상에는 생각보다 내 글을 손꼽아 기다리는 이들이 많을 테니. 밤이 오면 잠을 자고 아침이 오면 꿈에서 깨자. 이곳에는 꿈보다 더 잡히지 않는 것들이 활개를 치니까.

그리운 사람들의 손을, 그 손의 촉감을 드문드문 떠올리자. 그것만으로도 큰 힘이 될 테니까. 쉼 없이 흘러가다 보면 어디든 닿을 테니까. 우리는 모두 지치지만 말자.

여기까지 내가 나에게,
내가 당신에게,
당신이 나에게 보내는 손 편지.
그리고 사랑이나 응원 같은 것.

하고 싶은 말들이 있다면 주저 말고 나에게, 당신에게,
그리고 누군가에게 건네기를.

## ( 뻔한 위로 )

내 축축했던 지난날을 꼭 짜서
흰 햇살에 고이 말려놓습니다.

다시 새것처럼 보드라워졌을 때쯤
그것으로 오늘 만난 속상함을 닦아내고요.

결국 나를 위로하는 건,
다신 찾을 일 없으리라 다짐한
애틋했던 나의 어제보다
더 먼 어제였습니다.

크게 슬펐던 날들도
한참 지나고 보면 봐줄 만한 추억이 되는 겁니다.

내게도 행복했던 때가
있었던가 싶겠지만,

빨래처럼 널어둔 지난날을
하나씩 찬찬히 둘러보면
생각 외로 많은 행복이
바삭하게 말라 있을 것입니다.

당신이 앞으로 살아낼 날들에
자주 해가 뜨고 바람이 솔솔 불어
더 많은 지난날이 추억으로 마르기를.

그렇게 얻어낸 행복으로
또 오늘과 내일을
열심히 살아가게 되기를 바랍니다.

이 뻔하디 뻔한 위로가
뻔하지 않게 가닿기를.

## ( 아버지의 말 )

생기지도 않은 일을 미리 걱정할 필요는 없다고 아버지가 그랬다. 설령 예상했던 어려움이 실제로 일어나 나를 한없이 무너뜨린대도, 그 일이 일어나기 전의 나까지 괜한 구렁텅이로 빠트릴 필요는 없다. 아직 아무 일도 일어나지 않았으면, 그걸로 괜찮은 거다. 너무 스스로 꽉 움켜쥐고 살지 말자.

## ( 정이 많은 성격 )

정이 많은 성격이
약점이 될 수 있다는 것을 새삼 느낀다.

비교적 남들에 비해
이별에 대한 후유증이 크고,

어쩌다 스친 인연에조차
온 신경을 쏟아야 하는 이 성격이
나의 가장 큰 약점이라는 것을.

지나치게 차가운 세상과
타인에게 쉽사리 눈길 한번 주지 않는
매정한 사람들 사이에서

상처를 받는 것은 언제나 내 몫이다.

어쩌다 사람과 사람 사이에
당연하게 오가야 할 온정이
이렇게 환영받지 못하는 사회가 된 걸까.

그래도 어쩌겠나.
냉정하고 개인적인 사람이 부러우면서도
나는 여전히 이런 내 성격이 옳다 여기는 것을.

나에게 따뜻한 마음이 떳떳할 수 있는,
그런 삶이 한 번 더 찾아와주기를 바랄 뿐이다.

## ( 아무것도 아닌 일 )

네가 아무 일도 아니라 여긴다면,
그 누구도 그것을 문제 삼지 않는다.

하지만 네가 그 상황에 과민하게 반응하고
쉽게 무너질 것처럼 약한 모습을 보인다면,
그 모습을 지켜보던 남들도
너에게 부정적인 시선을 보낼 것이다.

언제나 네가 중심이고,
한 번의 예외도 없이 네가 가장 중요하다.

이 세상 그 어느 곳을 샅샅이 뒤진다고 한들,
너 자신보다 중요한 것은 찾아낼 수 없다.

과거의 아픔, 사랑, 꿈, 가족의 일들까지
무엇이든 네가 먼저 딛고 일어서야만
이겨내거나 지켜낼 수 있다.

별거 아닌 일이고,
잠시뿐인 일이다.

지금 너를 못살게 구는 그 거대한 힘듦도
결국 네가 스스로 다 괜찮다고 여긴다면,
정말이지 아무것도 아닌 게 되어버리는 거다.

## ( 네가 이 세상에 혼자라는 생각은 말았으면 해 )

아무래도 나 무너지고 있는 것 같아.

이 간단명료한 문장 하나를 인정하고 싶지 않던 날들, 애써 아무렇지 않은 척을 잘도 해내던 날들, 손끝과 아랫입술에 힘을 꽉 준 채로 고생스럽게 살아내던 날들을 어찌어찌 지나보낸 지금, 나는 문득 이렇게 생각해버리고 만 거야. 이건 필시 무너지고 있는 거라고. 그러지 않고서야 이 무수한 슬픔을 설명할 수는 없는 일이라고.

그런데 참 이상하지. 지나갈 거라 믿으며 그 수많은 시간을 꾹꾹 참아왔는데, 인고의 시간 끄트머리에 있는 것이 고작 나의 무너짐을 인정하게 되는 절망적인 순간이라니. 그러니 어떻게 내가 실없는 웃음을 터뜨리다가도 이내 곧 울 것 같은 얼굴이 되지 않을 수 있겠어. 그러니까 나는 이 모든 사실이 너무나도 억울한 거야. 버티고, 웃고, 달래기를 반복하다 보면 다 괜찮아질 줄 알았으니까. 나도 힘껏 밝은 사람이 될 수 있을 줄 알았으니까.

두려움이라는 게 이런 느낌이구나.

무너지고 있다는 게 이토록 외롭고 눈물 나는 일이었구나. 이 문장들을 토씨 하나 틀리지 않고 하루에도 열댓 번은 혼잣말로 내뱉는 것 같아. 그러고는 또 아무 일 없었다는 듯 내게 주어진 하루를 착실하게 살아가는 거지. 그러는 동안 눅눅해진 속은 숱하게 휘청이고 있을 텐데 말이야. 이 사달이 났음에도 여전히 나는 내가 안중에도 없는 건가 봐.

얼마 전까지만 해도
이 커다란 슬픔 중 두어 조각 정도는
함께 나눌 사람이 있었거든.

나랑 꽤 비슷하다는 느낌이 드는 사람이었어. 왜 그런 거 있잖아. 이름도, 얼굴도, 목소리도, 심지어는 성별까지도 다르면서 같은 주파수에 마음이 울릴 것 같은 사람. 그동안 어떤 삶을 살아왔는지 굳이 물어보지 않아도 괜찮을 것 같은 사람 말이야. 지금껏 어떤 삶을, 얼마나 고된 시간을 버텨왔는지 뻔히 예상이 되더라고. 그러니까 그 사람의 일생이 별로 알고 싶지 않다기보다는, 너무 궁금해서 되려 속으로 삼키게 되는 거. 배려해주고 싶고, 힘이 되어주고 싶은 거. 나 쓸 힘도 하나 없는데, 그거라도 바닥까지 싹싹 긁어모아서 위로의 형태로 건네주고 싶은 거.

그런데 그 사람, 기척도 없이 사라졌어.

잠깐 다녀간 사람을 무슨 수로 탓하겠느냐만, 그래도 너무 속상한 거 있지. 사랑도 뭣도 아니었는데, 그저 각자의 슬픔 몇 조각 나누곤 했던 낯선 사람일 뿐이었는데 종일을 울게 되는 거 있지. 갈증이 심하게 날 정도로 펑펑. 정이 꽤 많이 들었던 모양이야.

휑한 마음을 들여다보고 있자니 꼭 폐허 같더라.
더는 사람이 살 수 없을 것만 같은 회청색 폐허.

아마도 그때부터였던 것 같아. 내가 무너지고 있다는 걸 인지

하기 시작한 게. 아주 위태롭게 흔들리는 삶을 그 사람이 알게 모르게 지탱해주고 있었던 것일지도 모르겠어. 나도 참 쓸데없는 곳에 많은 마음을 맡기면서 산다 싶었지.

하지만 왠지 그래도 될 것 같았던걸.

이제 와 어쩌겠어.

이것 참, 그 사람을 미워해야 하는 건지, 죽도록 고마워해야 하는 건지 알 수가 없어. 그 사람이 어차피 무너져버릴 마음을 찰나라도 감싸줬던 건지, 진즉 알아차리고 대비했어야만 하는 이 무너짐의 전조를 전부 가려버렸던 건지 쉽게 판단할 수 없으니까.

이 와중에도 주변이 나만큼이나 온통 짙은 그늘이었던, 나눴던 대화의 마지막이 실은 많이 힘들다는 여린 말이었던, 그 사람 걱정으로 마음이 뒤덮이는 꼴이 참 우스워.

이럴 줄 알았으면 당신은 그 누구보다 소중하고, 귀한 사람이라고 그러니 꼭 죽지 말고 마음껏 살아내라고, 이 가혹하고도 멀고 험난한 길 위에서 악착같이 견뎌내라고. 정말이지 아무것도 아니라고, 하고 싶은 사랑 앞에서 머뭇거리지 않아도 된다고 말해줄 걸 그랬어. 덧붙여 무슨 일이 있어도 편이 되어줄 테니 당신도 날 싫어하지는 말아 달라고 농담처럼 말해볼 걸 그랬어.

*

근래에 컨디션이 나빠져 찾은 병원에서 당분간은 술과 담배를 끊어야 한다더라고. 당분간이라면 언제부터 다시 술과 담배를 해도 되는 건지 되물으려다, 자칫 멍청한 사람 취급을 받을 수도 있겠다 싶어서 관뒀어. 그러고는 어제 정말 오래간만에 술을 마셨거든. 평소보다 그리 많이 마시지도 않았는데 전부 게워내느라 엄청나게 고생했지 뭐야. 아직은 그 당분간이 다 지나지 않은 모양이지.

비틀거리며 집으로 돌아오는 길에는 일부러 사람들이 붐비는 곳으로 걸었어. 얼마나 많은 사람이 슬픈 표정으로 살아가고 있는지 퍽 궁금했거든. 그렇게 하면 꼭 내 무너짐의 속도를 조금은 늦출 수 있을 것 같았어. 역시나 모두가 나와 그리 다를 것 없는 얼굴을 하고 있더라고. 일상생활, 가족, 사랑 및 모든 관계에서의 투쟁에 잔뜩 지친 얼굴을 하고 있었어.

그들 모두가 꽤 괜찮은 어른이 되기 위해
애쓰고 있다는 걸 알아.

괜찮은 어른이라는 게 도대체 무엇인지 알지도 못하면서 말이지. 그 사람들도 마주 보며 걸어오는 내 얼굴을 보고 같은 생각을 했을까. 나만 이렇게 힘든 게 아니구나, 하면서 잠시나마 안도했을까. 내가 그랬던 것처럼 '당신 참 대단하다. 그리고 기특하다. 용케도 잘 버텨내고 있구나' 하고 작게 응원해줬을까.

아무튼 나는 오늘 무너지고 있는 나를 봤어. 이맘때쯤이면 의젓한 어른이 되어 있을 줄 알았는데, 그런 어른은 온데간데없고 웬 나이 먹은 어린아이 하나가 여기에 있어. 비루한 삶 위에 놓여 꺼이꺼이 우는 것밖에 할 수 있는 게 없는 하루가 또 지나가고 있고, 한없이 무겁지만 그럼에도 따뜻한 이 마음이 한 움큼씩 무너지고 있어.

다음에 또 편지할게.

그러니 혼자라는 생각은 하지 않아도 돼.

## ( 호수공원의 위로 )

집 앞 호수공원 벤치에 앉아 간만의 여유를 즐기던 내게 어르신 한 분이 말을 걸어왔다. 모처럼 날씨가 참 좋지 않느냐는 물음이었고, 그에 나는 이따금 불어오는 초겨울 내음이 마음에 든다는 답을 했다.

오랜 친구처럼 이런저런 일상을 나누다, 자연스레 그 어르신이 50년 가까이 몸담아 일했던 곳을 막 그만두고 오는 길이었다는 사실을 알게 됐다. 한평생을 가족을 위해 희생하다, 이제야 자유다운 자유를 얻은 어르신의 얼굴은 몹시 편안하고 부드럽게 주름져 있었다.

그러다 대화가 잠시 끊기고 잔잔한 물결에 정신을 빼앗길 때 즈음, 갑자기 그가 내 손을 약하게 잡으며 이렇게 말하는 게 아닌가.

“아무리 힘들고 지쳐도 절대 무너지려 들어서는 안 돼요. 이 세상이 젊은이들 피 말리기에 딱 좋은 꼴로 돌아가고 있다는 거 알아요. 간혹 남들이 등 떠미는 일 말고 정말 자기가 하고 싶은 일 하라고들 말하면서 위로하지만, 그게 어디 말처럼 쉽나요. 그러면 누구나 다 지 좋은 일 하면서 마음 편히 잘 살게. 현실적으로 참 어려워요, 그게.

그러니 우리 어른들은 그저 잘 살라 해주는 게 맞아. 나도 잘 사는 게 뭔지 아직 모르지만, 열심히 살아내고 버티다 보니 사람들이 잘 살았다고 해주대요.”

이보다 더 명쾌하고 가슴 깊숙이 파고드는 응원을, 나는 이번 생에 다시 만날 수 있을까.

그저 열심히 씩씩하게 살면 된다.
행복하든 슬프든 잘 살면 되는 거다.

# ( 바라던 삶 )

나는 앞으로
더 행복해질 수 있고
결국엔 잘되고 말 거야.

지금껏 얼마나 힘들었고 몇 번을 넘어졌던들
꾹 참고 견뎌내서 오늘에 무사히 도착했으니까.

보통 우리가 무언가를 꿈꿀 때
그 꿈이 정말로 이루어질 가능성이 크면 클수록
더 잦은 시련이 닥쳐오기 마련이래.

만약 내게 너무 과분한 꿈이었다면
애초에 무너질 만큼 힘이 들거나

아파하지도 않았을 거란 말이지.

지금도 이루고자 하는 아득한 꿈 탓에
자주 발을 접질려 넘어지고 마는 건,
언젠가는 필히
그 목표 지점에 닿게 될 거란 뜻인 거야.

그러니까 우리는
그 어떤 높은 벽을 눈앞에 두고
가쁜 숨을 쉬어야만 할 정도로
힘겨운 날들에 놓인다고 해도,

절대 자기 자신을 탓하거나 미워하지는 말자.
차라리 저 먼 하늘에다가 시원하게 욕이라도 해버리자.

머지않아 나는
바라던 삶 속에 편히 앉아
행복에 겨워 활짝 웃게 될 거야.

2부

# 네가 읽고 싶은 밤

## ( 탄생화 )

탄생화라는 말. 한 생명이 태어난 애틋한 날을 꽃으로써 상징하는 것이라고 했다. 문득 나의 탄생화가 무척이나 궁금해져, 5월 12일의 탄생화를 황급히 찾아보았다. 그윽한 봄 향기를 머금고서 적지 않은 이들의 시선을 단숨에 사로잡는 라일락. 그 꽃말은 '사랑의 싹'이라고 한다.

탄생화가 평소 가장 좋아한다 여겼던 봄꽃이면서도, 품은 꽃말 또한 내가 가장 중요시하는 감정이라는 게 퍽 신기할 따름이었다. 역시 인간의 삶 중 팔 할은 정해진 운명에 의해 꾸려진다고 했던가. 나는 늘 봄이면 심경에 많은 변화가 일었고, 대부분의 날을 사랑에 황홀해하거나 아파하는 것으로 지나보냈다.

새로운 사랑이 싹을 틔울 때마다
나는 다시 태어난다.

내 탄생화와 그 꽃말을 확인하고 난 후에 가장 먼저 속으로 깊게 읊조린 말이다. 실로 나는 새로운 사랑을 시작할 때면 전혀 다른 삶을 시작한 기분에 휩싸이곤 한다. 정말이지 다시 태어났다고 해도 과언이 아닐 정도로 말이다. 그 탓에 아직 아무런 가르침을 얻어내지 못한 아이처럼 작은 공기의 움직임에도 온 생이 뒤흔들린다. 물론 이제는 그러한 사랑의 기운을 온전히 즐기는 법을 조금씩 알아가고 있기는 하나, 완전히 그 감정을 컨트롤할 수 있다고 말하기에는 조금 무리인 듯하다.

사랑이라는 감정에는 아주 섬뜩한 독기 같은 이면이 있다. 사람을 도무지 정신 차릴 수 없게끔 만들어놓고는, 그 틈을 타 사랑 외의 다른 감정은 완전히 재기 불가능한 수준으로 망가뜨려 놓는 경우가 허다하다. 꽤 영리한 사람들의 경우에는 사랑과 그 외의 감정 모두 최상의 컨디션으로 끌어올리는 일을 쉽게 이루어내지만, 나처럼 한번 사랑에 빠지면 그 기분만 좇는 사람은 품었던 사랑을 잃는 순간, 마지막 들숨을 몰아쉬는 것과 같은 공황 상태에 빠지기 마련이다.

때 묻지 않은 사랑을 나누고 싶다는 허황된 꿈을 자주 꾼다. 거의 불가능에 가까운 일이라는 것을 누구보다도 잘 알고 있지만, 어쩌면 내가 날 때부터 추구해왔을지도 모르는 사랑을 끝끝내 이뤄내고야 말겠다는 고집만큼은 포기할 수가 없다. 올해 여름에는 그 사람이 꽤 청초한 자태를 뽐내는 싹을 하나 틔워주었으니, 이것을 최선의 노력으로 가꿔내는 것은 나의 몫이리라. 이듬해 봄에 또 한 번의 라일락 꽃이 만개할 때, 한 아름 꺾어다 그 사람 손에 쥐여주며 꼭 하고 싶은 말이 있으니까.

네가 나의 마지막 탄생화이기를
간절히 바란다고.

더 이상 아무것도 없는 허공에 나에게만 보이는, 그 무언가를 잡기 위해 헛손질을 하는 내가 없었으면 좋겠다. 그 사람이 고요한 종착지로써 나의 길고 힘겨웠던 여정을 그만 끝내주었으면 좋겠다. 앞으로 내가 쓰는 글의 전부가 되어, 잔뜩 푸석해진 내 손을 세게 잡아주었으면 좋겠다. 지루할 틈이라고는 없는, 다채로운 삶은 애초에 원한 적도 없었으니까.

문득 당신의 탄생화가 궁금해졌다.

과연 당신 또한 탄생화의 꽃말과 엇비슷한 삶을 살아왔는지가 궁금하다. 당신 그간의 삶 중 팔 할도 운명에 의해 정해진 것만 같은 날들로 꾸려져 있는지. 그렇다면, 부디 그 운명의 촉이 행복과 아주 가까이 닿아 있기를 바란다.

당신은 이 냉랭한 도시의 그을음 속에서도 한 움큼의 낭만 정도는 품고 살게 되기를. 당신을 떠올리면 괜스레 눈물이 나지만, 우리가 서로를 꼭 오래 보고 살 수 있기를 진심으로 바란다.

지금은 당신의 탄생화가 무척이나 궁금한 흐린 겨울밤.

## ( 사랑이 향하는 방향 )

사랑은 멀리 내다보는 시선의 방향과
발걸음의 보폭이 아주 비슷한 사람과 해야 한다.

힘에 부치는 사랑을 해봤거나,
딱히 그렇다 할 이유가 없었던 이별을
경험해본 사람들은 알고 있을 것이다.

사랑을 시작하게끔 하는 것은
단연 서로가 느끼는 신선한 첫 느낌이지만,
그 사랑을 큰 진동 없이 이어가게끔 하는 것은
다름 아닌 함께했을 때의 안정감이라는 것을.

상대방을 향한 나의 사랑은 벌써

이만큼이나 활활 타오르고 있는데,

정작 나를 향한 상대방의 사랑이
그에 비해 아주 미미하다는 느낌을 받게 되면,
그때부터 사랑에는 조금씩 균열이 생긴다.

내가 가고자 하는 사랑의 방향은
초록빛의 나무가 무성한 저 숲을 향해 있는데,

상대방이 가고자 하는 사랑의 방향이
그 반대편에 아주 드넓게 펼쳐진
푸른 바다를 향해 있다면,

두 방향 모두 결코 틀린 것이 아님에도 불구하고
사랑은 그 순간부터 매몰차게 흔들리게 된다.

그러니 사랑을 하려거든 애초부터
신중에 신중을 기해야만 한다.
더 이상 섣부른 사랑에 대뜸 몸을 싣기엔,
이제는 내 마음의 껍질이 너무도 여리다.

# ( 연인으로 가는 길 )

그러니까 내가 이 사람을 사랑하고 있구나, 하고 인정하기 시작했다는 건 생각보다 가슴 아린 일이다.

누군가를 좁아터진 이 마음에 욱여넣는 일을 결코 얕잡아 봐선 안 된다는 말이다. 나와 성질도, 색깔도, 그 흔한 냄새까지도 완벽히 다른 존재를 겁도 없이 내 안에 들인다는 것은, 필히 내가 가진 것 중 많은 것을 다시 내어놓아야만 한다는 의미와 같을 테니까.

그 사람의 사진을 내내 들여다보는 것만으로도, 흔해 빠진 사랑 노래를 흘려듣는 것만으로도, 그의 언어와 몸짓을 조심히 관찰해보는 자잘한 움직임만으로도 단번에 널찍한 균열의 구멍 속으로 추락할 수 있는 일이 바로 사랑이다. 그러다 그 사람이 내 심장께에 둘러놓은 울타리 안에서 감당할 수 없을 만큼이나 거대해지기라도 하는 날에는, 손쉽던 호흡을 잃게 되는 것쯤이야 주목할 만한 사건으로 쳐주지도 않게 되는 법이다.

그러니 나는 이 글이 가닿게 될 모든 이들에게, 사랑하기 이전에는 필히 빈틈없는 준비를 취하라 일러주고 싶다. 터지듯 뿜어져나와 쉴 새 없이 줄줄 흐르는 감정을 쉬이 절제할 수 없다는 것쯤은 나 또한 아주 잘 알고 있다.

하지만 아무런 준비 없이 치기 어린 걸음으로 불쑥 나아가게 된다면, 감당할 수 없는 후폭풍에 휩쓸려 산산이 부서져버리기 십상일 것이다. 늘 그래왔듯 우리는 자신이 만들어낸 감정 앞에선 나약하기 짝이 없는 종이 인형이 되어버리고 마니까.

늘 영원할 것만 같던 정겨운 곳의 푸르른 강물도 자연의 섭리 앞에서는 자신의 생사를 장담하지 못하는 것처럼, 사랑을 담은 들뜬 마음 또한 언제든지 거짓말처럼 텅 비어버릴 수도 있고, 원하지 않던 차오름에 흠뻑 잠겨 죽어버릴 수도 있다. 이처럼 사뭇 경직된 이들에게 뜬금없이 찾아온 사랑은 위험천만한 도전이자 해괴한 시험인 것이다.

사랑을 두려워 말되,

경계하고 조심스럽기를.

한 치 앞이라도 꼭 섬세하게 살피어

절대 그 발을 헛디디지 말기를.

당신의 사랑은 늘 경쾌한 음악이기를.

당신 깊은 슬픔의 종말이기를.

당신의 여린 손금에 얽히게 될 인연들은 한시도 빠짐없이 찬란한 백색의 봄만 같기를. 그리하여 당신의 일그러진 마음과 삶에도 깊은 행복과 수명이 긴 온기가 깃들기를.

부디 건강한 사랑에 당신의 붉은 심장을 기꺼이 건넬 수 있게 되기를.

## (　우리는 운명이기도 할 것이어서　)

삶이 가진 진짜 맛이 궁금해질 즈음
코끝이 유난히 어여쁘고 차가운 당신이 왔다

내가 속한 세계로 오기만 했지
아직 내게 온 게 아니기에
그 곁에 야윈 길고양이처럼 어슬렁거리며

당신 무릎 위에 누워
머리를 깊숙이 들이밀고 싶은 마음만 복닥복닥 키워냈다

어스름한 저녁 빛 아래에
밋밋한 배를 까뒤집고 까무룩 잠들었다가
당신이 아주 가까운 곳까지 온 듯한 기척에

귀라도 쫑긋 세워 반기려 했다
우리는 운명이기도 할 것이어서

어느 아침 식탁에 차려진 쇠고기뭇국과 흰쌀밥
그 익숙한 포만감이 단연 이 삶의 진짜 맛이기도 할 것이기에

나는 악천후가 관통한 어떤 초췌한 마을처럼
성한 곳 하나 없는 생(生)을 불쑥 건넸다

운명을 거스르려거든 어디 한번 그래 봐라
익살스럽고도 뻔뻔한 사랑을 당신 뺨에 두껍게 칠했다

참담하기 짝이 없었어야 할 당신이 샐쭉 웃었고
나는 나만 알고 싶던 아픔까지 전부 읊었다

내 사랑에 사랑으로 답하고
내 슬픔에 슬픔으로 응하니

내가 당신인지 당신이 나인지는
코끝의 온도로만 구별할 수 있는 것이어서

나는 눕기 좋게 널브러져 있는 당신 허벅다리에
한 치의 고민도 없이 뒷머리를 대고 누워
쭉 뻗은 손끝을 당신 코에 함부로 얹었다

즐비하던 냉기는 온데간데없고
우리는 이제 사랑이기도 할 것이어서
둘의 존재를 구분하는 일은 이제 무의미하기도 할 것이므로

## ( 사랑한다는 말 하나로도 )

너는 고작 사랑한다는 말 하나로도
내가 아우르는 모든 문학을 멋쩍게 했다

그 한마디가 허리춤에 차고 오는 파동만으로도
나는 익숙해질 가망이 일절 없을
바다색 소용돌이에 빨갛게 휩싸이고 말아,

헤아릴 수 없을 만큼의 많은 절기 동안
너를 중심으로 어지럽게 회전할 것을 안다

제아무리 깊고 질척이는 사념인들
모조리 다 토해내고 쏟아내어
홀가분한 마음으로 너를 사랑할 것이어서

# ( 잠결에 만난 봄은 당신이었습니까 )

진달래가 흐드러지게 핀 어느 잠결에
완연한 봄빛이 슬쩍 무르녹았습니다

이파리의 손금마다 아슬하게 맺힌 이슬이
팽창한 심장을 뚝뚝 떨구어 꽃술을 튕겨요

당신은 그새를 못 참고 봄 속의 봄
병들어 노쇠해진 사월의 틈새를 비집고 들어
기어코 이곳으로 왔습니까

꽃 군락 사이사이를 나비처럼 나풀나풀
숨바꼭질하자는 듯 당신이 바람에 섞여 흐르고
나는 천국과 지옥을 몇 차례나 오가는 심정으로

갸륵한 당신 꽁무니만 진종일 따라다녔습니다

한 줌 비릿한 냄새에 잠에서 깨고 보니
내가 몸을 전부 누인 곳은 숲이야 숲
비 젖은 흙이 채 마르지 않은

찌뿌둥한 손가락을 마디부터 곧게 펴서
엉덩이께 훌훌 털고 두 발로 선 곳은
미처 장례를 치르지 못한 사월이야

하도 울어 물기를 몽땅 잃은 참이던 나는
들킬세라 가진 표정을 땅속에 급히 묻습니다

갑작스레 이 삶으로 들어온 당신이 있고
헤죽대며 건넨 귀한 물음에는
나비를 사랑하고 있다는 대답을

속절없이 어여쁜 사람 하나 사랑하는 데
이리도 슬프게 맘 졸여야 하는 줄 알았다면
어떤 봄도 꿈으로 불러들이지 않았을 텐데

당신은 서툰 잠결에도 아름답습니다

나를 굳이 비껴가지 않을 거라면
우리 닿지 않으려 애쓰지 말아요

한 뼘도 움직이지 못하는 나는
이곳에 서서 하염없고

언제 올지 모르는 당신은
그 언제라도 아름답지 않겠습니까

## ( 사랑을 기록하는 법 )

함께하는 모든 순간을 사진으로 남기고 싶어 하는 사람을 사랑하고 있습니다. 내 모습을 사진으로 남기는 일에 참 익숙지 않은 터라, 그 사람이 괜한 속앓이를 하고 있는 건 아닌지 모르겠지만요. 눈으로만 담고 기억에 선명히 그려놓는 일 이상의 의미가 그 사진이라는 것에 묻어 있는지는 사실 아직 잘 와닿지 않습니다.

다만 최근 들어 확실히 깨닫게 된 사실 한 가지가 있는데요. 싱그러운 풍경과 아기자기한 소품 같은 것들을 담는 일이면 몰라도, 누군가와 깊은 사랑을 나누는 과정의 그 애틋한 순간을 자세히 기억하는 일에는 사진만 한 것이 없더라는 겁니다.

많이 사랑하는 사람과 함께 찍은 사진이라면, 설령 그게 똑같은 사진 수십 장이라 하더라도 제각기 다 다른 느낌을 주기 마련입니다. 왜, 보통 연인들이 사진을 찍을 때 가장 좋은 사진을 고르기 위해서 연속 촬영이라는 기능을 사용하기도 하잖아요. 우리 둘은 줄곧 같은 자세를 취하고 있는데, 배경이 된 구름의 위치와 그림자의 크기, 저 뒤로 날아가는 새의 날갯짓 정도만 바뀐 사진을 여러 장 갖게 되는 겁니다. 그리고 각자 집으로 돌아간 뒤에 잘 나온 사진 몇 장만 고르려 사진첩을 들여다보면, 아까운 마음에 끝끝내 단 한 장도 지우지 못하고 전부 보관하게 되죠.

결국, 똑같은 사진이더라도
사랑하는 사람과 함께 찍혀 있다는 사실 하나만으로
손에서 놓지 못할 소중함이 되는 겁니다.

이제부터라도 그 사람이 내 앞에 카메라를 이렇게 들이밀며 활짝 웃어주면, 못 이기는 척이라도 하다가 다정함과 우스꽝스러움이 반반 섞인 자세를 취해봐야겠습니다.

혹시 아나요, 자주 안 찍혀 봐서 그렇지 카메라 앞에 서는 일에 천부적인 소질이 있을지도요. 애인이 원하는 일이라면 쑥스러움을 무릅쓰고서라도 노력을 섞어내야 하는 게 사랑인 줄 알고 있습니다. 때로는 더 나은 사랑을 건설하기 위해서 굳건히 지키던 어떤 것들을 완벽히 허물 줄도 알아야 하는 거니까요.

사랑을 하려거든 요동치는 파도에 기꺼이 몸을 던질 용기 정도는 갖춰야 합니다. 고작 사진 한 장 함께 찍는 일에 무슨 이런 거창한 말까지 들먹이나 싶겠지만, 저에게 있어서는 이 사소한 변화 하나가 그 사람을 더 섬세히 사랑하는 일의 시작점과 같습니다. 한결같은 사랑을 하면서도 그 속에 들어 있는 좋은 감정을 계속해서 긍정적인 방향으로 변화시키는 것. 제가 생각하는 사랑이란 늘 이래왔고 지금도 여전히 같은 마음입니다.

사랑은
이 세상에서 자신이 아닌 타인을 위해
노력과 배려를 양껏 행하게 하는 유일한 일입니다.
노력과 배려가 몸집을 키워가는 만큼
우리가 수확하게 될 사랑의 풍성함도 더해지겠지요.

## ( '원래'를 '이제는'으로 )

10년에 가까운 연애 기간 동안, 단 한 번도 애인과 크게 다툰 적 없었다는 남자를 만난 적이 있다.

몇 년 전, 답답한 마음에 무작정 홀로 떠난 여행지, 그곳에서 감바스로 꽤 유명하다는 작은 와인바에 들렀을 때였다. 그 남자와 나는 사장과 손님의 관계로 만났고, 그날은 평일의 깊은 밤이었던 터라 손님이라고는 달랑 나 하나가 전부였다. 그 덕분에 나는 아주 자연스럽게 그와 이야기를 주고받을 수 있었고, 메뉴에도 없는 안주를 불쑥 내어줄 만큼 우리 둘은 빠른 속도로 가까워졌다.

이야기가 어쩌다 그렇게 흐르게 됐는지 정확하게 기억해낼 수는 없지만, 어느 순간 우리는 서로의 연애에 대해 퍽 궁금해진 것들을 묻고 답하기 시작했다. 그러다 그가 거의 10년에 가까운 긴 시간 동안 하나의 연애만을 이어오면서 단 한 번의 다툼조차 경험한 적 없었고, 불과 몇 주 전에 단출하지만 애틋하게 식을 올려 백년가약을 맺었단 사실을 알게 되었다.

나는 화들짝 놀라 커진 눈으로 진심에서 우러나온 축하를 건네고는, 문득 그 견고한 사랑의 속살이 궁금해져 거의 물고 늘어지듯 비결 따위를 물어댔다. 그에 쑥스러워하며 내뱉은 그의 대답은 지금까지도 나의 심장께에 들러붙어, 그간 내가 목격한 사랑의 수많은 형태 중 가장 사랑다운 모습으로 나를 완전히 매료시키고 있다.

"이왕 이 사람을 끝까지 사랑하기로 한 거, 그동안 내가 원래 해왔던 말과 행동을 이제부터라도 이 사람에 맞게 바꿔가면 돼요. 그러다 보니 다툼으로 이어질 법한 일들도 대화를 통해 원만히 해결되고는 하더라고요. 나는 원래 이래, 하는 말은 아무 도움이 안 되죠."

이렇듯 사랑하는 사람을 위해서라면
그동안 내게 깊숙이 스민 삶의 일부를
어떠한 불평도 않고 손에서 놓을 수 있는 게,

'원래'를 '이제는'으로 기꺼이 바꿀 수 있는 게,

하나의 연애를 촘촘히 이루는 사랑이 아닐까.

촘촘한 사랑으로 이루어져 빈틈을 찾기조차 어려운 연애는, 역시 두 사람의 자그마한 노력에서부터 시작되는 것 같다. 사랑하는 사람을 위해서라면 나의 괜한 고집 정도는 바지 뒷주머니에 슬쩍 구겨넣을 수 있어야 하듯이. 나는 원래 그런 사람이 아니었지만, 이 사람에게만큼은 왠지 모르게 꽃이며 애교며 다정한 포옹이며 하는 것들을 마음껏 선물해주고 싶어지는 것처럼.

다투지 않고서는 결코 깊은 관계가 될 수 없다고들 말하지만, 서로의 짙은 배려가 둘의 몸과 마음을 포근히 감싸주기만 한다면 충분히 모든 갈등을 대화로 풀어낼 수 있다.

## ( 지금 만나러 갑니다 )

"아무 걱정하지 마.
우린 잘할 거야.
그렇게 정해져 있어."

사랑에 대한 무한한 믿음과 포용을 너무도 선명히 내재하고 있는 이 문장은, 내가 세상에서 가장 사랑하는 영화라 해도 과언이 아닌 〈지금 만나러 갑니다〉의 대표적인 대사 중 하나이다.

남자 주인공과 수년 만에 재회한 여자 주인공이 그 품에 와락 안기며 덤덤한 듯 조용한 흥분으로 건넨 말. 거짓말을 아주 조금 보태서 말하자면 지금껏 이 영화를 열댓 번도 넘게 돌려보았다. 그리고 한 번의 예외도 없이 저 대사가 나오는 대목이면 재생을 잠깐 멈추고는 깊은 상념에 잠기곤 했다.

한 번은 도대체 내가 왜 이 대사에 이리도 예민하게 반응하는 걸까, 하고 생각해본 적이 있다. 그렇게 어딘가 한구석이 말끔하게 비어버린 사람처럼 그 연유를 찾는 데만 골몰하다 보니, 문득 이와 같은 결론에 그리 어렵지 않게 도달할 수 있었다.

나는 늘 운명 같은 사랑을
갈망해왔던 거라고.

아무리 냉랭한 현실이 내게 찬물을 끼얹고, 지인들의 따끔한 충고가 여러 차례 내 삶을 푹푹 찔러대도 그 영화 같은 사랑과 낭만을 한순간도 놓아본 적 없었던 거라고. 그래서 누군가가 내게, 혹은 내가 누군가에게 이 대사처럼 말해줄 수 있게 되는 순간을 너무도 간절히 원하고 있었기 때문이라고. 그러니까 이 근사한 대사 몇 줄이 나의 가장 큰 결핍을 잠시나마 채워줬기 때문에, 순간 손쓸 수 없는 저릿한 황홀에 정신을 빼앗기고야 말았던 것이다.

이 영화에서 여자 주인공은 말로 설명하기 어려운 기이한 꿈을 통해 자신의 미래를 전부 엿볼 수 있게 된다. 그 속에서 그녀는 10년이 넘는 시간 동안 야속하게 엇갈리기만 했던 한 남자와 끝끝내 결혼하게 되고, 둘 사이에 기적처럼 태어난 아이와 함께 더없이 포근한 나날들을 살아간다. 하지만 그 영원할 것 같던 행복도 잠시, 그녀는 서른두 살이라는 꽃다운 나이에 갑작스럽게 병을 얻어 세상을 등지게 된다.

그 허망한 죽음을 끝으로 그녀는 이상하리만큼 선명했던 꿈에서 깨어나게 되고, 그 후 몇 달간의 고심 끝에 자신에게 주어진 운명을 인정하고는 남자 주인공을 무작정 찾아가게 된다. 그 농도 짙은 진실됨과 간절했던 만남의 중심부에서 그녀가 남자 주인공을 세게 껴안으며 건넨 말. 아무 걱정하지 말라는 말. 우린 잘할 거라는 말. 그렇게 정해져 있다는 말.

만약 내게도 이와 같은 상황이 펼쳐진다면, 과연 나는 사랑하는 사람들을 두고서 머지않아 죽게 될 거라는 걸 알면서도 그런 선택을 할 수 있을까. 나에게도 그녀처럼 미리 점쳐져 있는 운명과도 같은 사랑을 좇아 그 무모한 여정에 불쑥 발을 올려둘 용기가 있을까.

우리는 누구나 새벽녘 어스름한 달빛처럼 그 분위기가 신비로운 사랑을 꿈꾼다. 하지만 늘 여느 사랑과 다름없다는 것을 깨닫고는 실망감을 쉬이 감추지 못한다. 그럼에도 여전히 그러한 사랑에 의문을 품지 않고 섬기는 이들이 곳곳에 있다.

그들과 나는 서로 다른 곳에 터전을 꾸려 살아가면서, 언젠가 우리가 마침내 만나게 될 사랑스러운 계절을 어린아이처럼 고대하고 있는 것이다.

서로에게 대체 불가능한 사이가 되어
한껏 붙은 채로 뿌리 내리는 날을.
그리하여 한번 발 들이면
두 번 다시 빠져나오지 못할 숲으로 울창해져만 갈 날을.

이렇듯 이빨로 질겅질겅 씹어대도 끊기지 않을 견고한 인연을 찾아 하염없이 떠도는 것만이 내 삶의 이유이자 명확한 목표이다. 어딘가에서 듣고 있을지도 모르는 미래의 사랑에게, 지금 만나러 갈 테니 조금만 기다려 달라는 말을 자주 내뱉는다. 그리고 그 만남을 끊임없이 상상한다.

다른 생김새와 생전 처음 맡아보는 체취와 낯선 걸음걸이로 나를 향해 다가오는 당신을 몰라보는 일만큼은 생기지 않도록. 우리가 어느 거리에서 우연히 마주쳤을 때, 서로의 눈동자에 적힌 반가운 인사말을 홀린 듯 읽어낼 수 있도록.

## ( 어느 한 사람에게 첫눈에 반한다는 것 )

누군가에게 첫눈에 반한다는 것.

그야말로 수천 년 전부터 이어져온 인연과의 약속을 지키는 일이며, 운명의 짝을 발견한 일이고, 그 오랜 전생의 기억이 야속하게 사라졌더라도 금세 다시 사랑에 빠질 수 있는 자격을 갖추기 시작한 일이다. 운명이란 본디 내 속의 믿음과 직결되는 실재이다. 인류 최초로 운명을 믿기 시작한 이 또한 사랑하는 사람과의 만남에 무언가 특별함을 부여하고 싶었을 테니까.

파릇한 여름과 젖은 땅과 물기가 있는 바람과 잿빛을 잔뜩 머금은 구름은 사랑에 빠지기에 가장 적합한 배경일 뿐이고, 그 계절 속에서 그토록 원하던 사람과 서로의 삶을 주고받기 시작했다면, 감히 운명적이라는 말을 서서히 꺼내 들어도 괜찮을 것이다. 그렇게 맺힌 순진무구한 사랑은 좀처럼 제 몸을 떨구지 않으리라는 것을, 나는 알고 있다.

# ( 너는 봄이자 바다이며 다정한 정원 속의 시 )

너는 내 귓바퀴에서 출렁이는 짙푸른 파도
눈가에서 차분하게 일어나는 하얀 포말
코끝에서 휴식처럼 내려앉는 모래 내음

너는 내 혀 위에서 유연하게 헤엄치는 물고기
몸을 편안히 누인 살갗과 평행하는 수평선
아무래도 나의 오감을 전부 집어삼킨 너는
내가 그토록 사랑하는 봄날의 하늘색 바다

너는 이 세계에 드리우는 봄의 실재
네가 찾아오면 초췌하던 갈색 나뭇가지에도
수천의 초록색 산새들이 하나둘 내려앉는다지

너는 내가 주황색 담벼락 가까이에 활짝 핀
노란색 수선화에서 몰래몰래 얻어낸
한 음 한 음으로 애써 지은 향기로운 꽃 노래
너를 흥얼거리다 문득 네 속에서 어푸어푸
물장구를 치는 내 머리 위로는 하얀색 물새가 있다
사랑에 빠진 이를 보며 끼룩끼룩 웃는 것은
봄날을 비행하는 새들이 떠나기 전 반드시 하는 일

너는 나의 호흡에 이만큼 깃든 봄의 정원
네가 불어오면 심심하던 연두색 풀벌레들도
폴짝폴짝 뛰놀며 낮잠 자던 풀꽃들 간질인다지

너는 늘 하던 대로 이 세계에 다정하게 펼쳐지고
나는 진종일 그 세계로 들어가기 위한 시를 쓰고,
이 문장들로는 고작 한 걸음 떼기조차 어렵다면
나는 네가 허락하는 시 한 줄이라도 더 쓰고자
봄 내음 묻은 단어들을 여기저기 배열해봐야만 한다

사랑에 빠진 이의 마음을 전부 담겠다는 심정으로
무너지지 않을 만큼의 언어를 쌓아야 한다

## ( 만약에 우리가 헤어진다면 )

만약에 있잖아,
정말 만약에 우리가 헤어지게 된다면
서로를 너무 궁금해하지는 말자.

등 돌리면 거기서 끝인 여느 관계들처럼
우리도 씩씩하게 각자 갈 길 찾아가자.

간간이 접하는 소식에
와르르 무너져버리는 일 없도록.

유치하게 못 지내기를 바라지도 말고,
그렇다고 나보다 잘 지내기를 바란다며
마음에도 없는 멋진 척도 하지 말자.

아주 가끔
그런 사랑을 한 적이 있었지,
그 사람 꽤 괜찮은 사람이었지,
라는 생각을 하는 것 말고는

어떠한 슬픔과 그리움에도
빠지는 일 없게끔 하자.

더도 말고 덜도 말고
딱 지금 나처럼 지내기를 바라면서,

하고 싶어 했던 일 끝끝내 이뤘기를
마음으로나마 빌어주면서
그냥 그렇게 덤덤히 살자.

물론 헤어지지 않을 수 있다면
그보다 좋은 게 또 없겠지만.

## ( 널 사랑해 )

“널 사랑해”라는 말이 이제는 흔해 빠진 고백이 되어버렸다지만, 그럼에도 나는 검파랑 하늘에 알알이 박힌 별처럼 너를 사랑한단 말을 무한히 수놓을게.

가끔은 “너한테 어울릴 것 같아서 준비했는데 마음에 들었으면 좋겠다”라는 말에, “해지고 날이 추워지면 내 겉옷 벗어줄 테니 걱정 마”라는 말에, “오늘처럼 선선한 날에 너랑 같이 걸을 수 있어서 참 좋아”라는 말에 내 사랑을 꾹꾹 눌러 담을게.

작은 바람에도 너무 깊게 헤매는 나이지만, 그 속에서도 네게 사랑을 말하는 순간만큼은 두 눈 똑바로 뜨고서 버텨낼게. 이해할 수 없을지도 모르지만, 너와 눈을 맞추거나 손을 맞잡는 순간에는 꼭 자그마한 토끼들이 내 속을 마구 헤집고 다니는 것 같아. 가슴의 언저리가 이상하리만큼 가려워져. 이렇듯 네가 내 삶에 들어온 뒤로, 나는 단 한 번도 진정된 모습이었던 적이 없는걸. 내가 만일 저 하늘의 힘을 한 줌만이라도 빌려올 수 있다면, 설령 그 기회가 생에 단 한 번밖에 주어지지 않는 귀한 것이라 해도, 나는 주저하지 않고 당장에 너를 네가 가장 좋아하는 계절과 날씨 속으로 데려다줄 거야. 내가 가질 수 있는 기쁨 중에 가장 예쁜 것들은 모조리 다 너에게만 줄게.

내게 사랑은 밤의 한가운데이자 그 속에 지어진 집이며, 그곳에 누워 마음껏 꾸는 꿈이야. 이만큼이나 커다란 평안과 안식과 희망을 네게 다 쥐여줄게. 그러니 우리는 생각보다도 훨씬 영원하자. 매번 같은 시간을 폴짝폴짝 뛰어 건너자. 겨울이면 고동색 코트를 맞춰 입고 거리에 번져가는 불빛을 구경하자. 믿을 만한 약속이 필요하다면 이 손가락이라도 덜컥 내어줄게. 우리는 늘 여차하면 손닿을 거리에서 서로를 위해 있어주자.

다정한 사람아, 내 것이었던 미래를 전부 줄게.
아무런 대가 없이 가져도 좋아.
다 네 것이 되어도 좋아.
네가 내 옆에 있어줘서 나는 정말로 좋아.

## ( 사랑의 초월적인 이데아 )

사랑하는 사람의 손을 깍지 끼워 잡는 것을 좋아한다. 그 애틋한 품에 아기처럼 폭삭 안기는 것을 좋아하고, 눈을 지긋이 맞추고서 시도 때도 없이 키스하는 것을 좋아한다.

아무도 없는, 빛도 사물의 윤곽도, 흔한 자동차 경적도, 차가운 에어컨 바람도 없는 곳에 벌거벗은 채로 함께 누워 있는 것을 좋아한다. 맨살을 마음대로 부대끼면서 이런저런 이야기를 나눌 수 있다면 얼마나 좋을까. 이내 곧 강한 침묵이 드리우고, 수백 년 전부터 잊지 않고 품어온 약속을 이제야 지키려는 듯 필사적으로 서로를 탐하는 일.

사랑을 하려거든 반쯤 미친 사람처럼 사랑하라는 말을 내내 곱씹는다. 다소 익살스러운 말과 행동으로 너를 깔깔거리며 웃게 만들고 싶다. 지금 보니 너는 참 바보 같다고, 어떻게 그렇게 진지한 구석이라고는 하나도 없을 수가 있냐는 말을 들어도 마냥 좋을 테니.

가끔은 너를 내 바로 앞에 앉혀두고서, 나는 그저 깡충 뛰는 일 한 번으로 저기 저 멀리 우주까지도 갈 수 있다고 우겨대볼까. 그러면 너는, 나의 시답잖은 농담에 네 능력은 고작 그뿐이냐고, 나는 눈을 두어 번 깜빡이는 것만으로도 한겨울에 여러 송이의 수선화를 싹틔울 수 있다고 말해주려나.

"너는 농담도 어떻게 그렇게 낭만적이게 할 수 있어? 역시 너는 내가 좋아하는 사람이 맞아"라는 말을 던지는 건 언제나 내 쪽이 되려나.

이러한 나의 이상주의적 사고에 네가 청색의 반기를 들지 않기를. 내가 너의 보드라운 가슴께에서 목격한 사랑의 초월적인 이데아는 영영 불변하리라 확신하니까. 감히 말로 표현할 수도 없는, 오감의 촉을 전부 한곳에 집중해야만 그제야 수줍게 모습을 드러내는 귀한 감정이 우리 사이에 실재한다고 분명히 자신한다.

지금의 나는 결코 보기 좋고 맛만 좋은 사랑을 추구하지 않는다. 1년 365일 내내 예쁘거나 멋지고, 매혹적인 향으로 나를 휘청이게 하는 사람을 병적으로 멀리한다.

그저 이런 사람이 좋아. 내가 스스로 미치광이를 자처하게 되는 사람. 굳이 나를 넘어뜨리려 애쓰지 않아도, 내가 먼저 제 발에 걸려 털썩 주저앉게 되는 사람. 그러다가도 내가 보기 흉하게 무너지려 한다면, 금세 내 옆으로 와 편안한 품을 열어주는 사람.

내가 만약 생전 처음 가는 추운 나라에서 가진 것을 모두 도둑맞고 길을 잃는다 해도, 너무 늦지 않게 밤새 따스히 감싸줄 벽난로가 되어주기도, 고급 호텔의 침실 못지않게 편안한 베개가 되어주기도 하는 사람.

그러니까 나는 당장에 뜨거운 연애를 이어가고자 하는 사람보다, 서로의 작은 일상을 은은하게 공유할 수 있는 가족 같은 사람이 좋다. 누군가는 이러한 나의 이상향을 '절대 실현 불가능한 지나친 꿈'이라고 생각할 수도 있다는 것을 알고 있지만, 추구하는 사랑에 계속해서 살을 덧붙이는 일은 어디까지나 내 마음이지 않나.

또한 내가 사랑하는 그 사람이 이러한 나의 이기적인 바람을 전부 수용해줄 것을 강하게 믿고 있다. 혹여 전혀 아니더라도 크게 달라지는 건 없다. 어찌 됐든 지금 우리가 별 탈 없이 만남을 잘 이어가고 있다는 사실만으로도 나에게는 마냥 긍정적인 신호가 되는 거니까.

나는 계속해서 반쯤 미친 사람처럼 너를 사랑할 테고, 두려움 따윈 한 줌도 섞지 않은 조심성 없는 사랑을 하려 들 것이다. 부디 나의 시시한 농담을 정말 시시하다고 여기지 않기를. 내가 가끔 내뱉는 엉뚱하고 비현실적인 말을 정말 비현실적이라 여기지 않기를.

너를 위해서라면
한여름에도 온 세상이 하얗게 덮일 만큼의
많은 눈이 쏟아지게끔 할 수도 있다는 이 말을,
그저 쉽게 내뱉은 장난으로만 생각하지 않기를.

우리는 그렇게 오래도록 신기한 사랑을 할 수 있었으면 좋겠다. 서로가 서로의 오랜 꿈의 일부분이 되어줄 수 있었으면.

정말 아주 많이 좋아해.

# ( 네가 바다와 숲으로 오던 때 )

내게 사랑이 오던 때였다
부서진 석양 발치로 몰고 오는 저녁 바다처럼
화들짝 놀랄 차가운 낭만으로

집 앞 골목에 피어난 제비꽃처럼
문득 반가운 얼굴로 네가 내게 왔다

갑작스러운 사랑은 늘 주의해야 하건만
그럴 겨를도 없이 나는 발을 빠트리고
무릎을 굽히고 앉아 너를 상냥하게 맞았다

곧 죽어도 아쉬울 게 없던 삶에
억겁의 희망이며 행복이며 하는 것들을

양손 가득 들고서 내게 온 사람

몇 날 며칠 쏟아지던 비도 때마침 그치고
내 앞에는 불안에 덜덜 떠는 내 눈을
한시도 놓치지 않는 네가 있었다

묘하게 어지러웠던 그날 이후로
꿈속이라도 괘념치 않고 불쑥 찾아오는
너의 당찬 행보가 내 생애를 거닐었고

나는 네가 남긴 걸음걸음마다
코를 깊게 박고 킁킁거리며
활짝 웃는 얼굴로 네 뒤를 쫓았다

약속인 듯 정해놓은 우울도 모두 잊고
너를 받아들이는 데에만 온 힘을 쏟았다

노랗고 빨간 이파리가 만개했던 날이었다
내 삶에 더는 죽음이 없게 해달라
다신 없을 간절함으로 나는 빌었다

네가 내게 짙은 내일로 왔고
나는 그에 새 생명을 얻었다

어제처럼 아버지와 거실에서 텔레비전을 보고
어머니와 햇사과를 깎아 먹는 평범한 일상으로
용케도 죽지 않고 다시금 돌아왔다

초록이라고는 하나도 없던 휑한 갈색 숲에
노루며 청설모며 하는 것들이 뛰어다니고
연녹의 새순이 하나둘 돋아나기 시작했다

## ( 멋진 사랑이라는 증거 )

멋진 사랑을 시작하게 되면
나 스스로 좋은 사람이 되고 싶어진다.
내 앞에 있는 사랑하는 사람의 하얀 삶에
알맞은 색으로 칠해지고 싶은 탓이겠다.

그뿐 아니라,
내가 발을 딛고 선 이 세상 자체를
지금까지와는 전혀 다른 시선으로 바라보게 된다.

평소 같았다면
금방 얼굴을 붉혔을 상황이 닥친대도,
조금은 너그러이 넘어갈 수 있는
풍족한 마음이 있어 괜찮은 거다.

꾸역꾸역 버티는 느낌으로 살아내던 이 삶이,
고작 단 한 사람이 내게 왔다는 이유 하나로
마법처럼 잔뜩 포근해진다.

지루함과 고통만이 가득했던 내 마음속에
그 사람이 구석구석 깨끗이 청소하고서
아예 들어와 살기로 작정한 것 같은 느낌이다.

물론, 내가 이 사랑 덕분에
좋은 사람이 되고 싶다는 생각을 했다면
상대방도 같은 생각을 하고 있음이 분명하다.

이렇듯 멋진 사랑이라는 건,
서로가 서로의 황폐한 일상을
온갖 꽃이 피어나는 비옥한 삶으로 바꿔준다.

내가 세상에서 가장 좋은 사람이 되어서
누군가를 행복하게 해주고 싶다는 생각이 든다면,
그건 분명 멋진 사랑이라는 결정적인 증거이다.

## ( 일기 같은 연애 )

언제부턴가 연애를 하는 데 있어 더는 상대방의 외모나 능력을 그리 중요시하지 않게 됐다. 그저 나와 마주한 채로 생글생글 잘 웃어주는 수수한 표정을 좋아하게 됐고, 내가 만든 미숙한 음식을 고맙게도 맛있게 먹어주는 먹성 좋은 입을 좋아하게 됐고, 서로의 일과를 마친 후에 가까운 동네 공원에서 만나 함께 마시는 맥주 한 캔과 그 하나에도 몹시 행복해하는 소박함을 무척 좋아하게 됐다.

그리고 무더운 여름, 에어컨 냉기가 가득한 방과 적당한 분위기의 영화, 더불어 짭짤한 스낵 과자 서너 봉지. 이것만 있으면 하루가 전혀 문제없는 편안한 연애를 좋아하게 됐다.

서로가 서로의 삶에 전부로 자리 잡아가는 복잡한 과정이 전혀 불편하게 느껴지지 않는, 견디기에 너무 벅찼던 고된 하루의 그 마지막을 깔끔하게 정리해주는, 그런 일기 같은 연애를.

## ( 첫눈에 반하게 되는 사람 )

'아, 이 사람이구나'라는
생각이 들게끔 하는 사람이 있다.

그 이유는 곧 죽어도 말로 표현할 수 없고, 이 사람의 어떤 점을 보고서 내가 이런 생각을 했는지 가늠조차 되지 않지만, 순간적으로 온몸의 근육이 잔뜩 수축되는 느낌과 그에 따라 간질거리는 전율 같은 것이 빠른 속도로 나를 통과하는 기분이 든다.

사람이 사람에게,
사랑에 빠진다는 것은
이처럼 찰나에 이루어진다.

# ( 오늘도 어김없이 당신의 이름을 줄줄 읊었지 )

고단한 눈시울 위로 죽음 같은 석양이 불쑥 드리우고
점차 속도를 내는 오늘이 나를 등지고서 멀어질 때
정든 기억을 비옥한 살갗에 심고 애써 가꾸면
누구나 다 아우르는 애틋한 밤이 피어나곤 했다

해가 들지 않는 곳에서 돋아난 그늘이 야금야금
나를 온통 뒤덮기 시작하면 나는 당신을 애타게 찾다가
마르지도 않는 허파를 양손으로 세게 쥐어짜고는
그 자리 그대로 철썩 주저앉아 파도처럼 울었다

가지를 양껏 뻗어 나를 품으려는 몇 그루의 나무
날카로운 것이 없어도 나는 선부른 팔을 쉽게 잘라냈다

언젠가 내가 안아주는 이는 당신이 마지막이라고
당신의 생애를 억겁의 세월 동안 품는 만년설이 되어
비수처럼 빨갛게 쏟아지는 악랄한 피의 별으로부터
당신의 억울하고 힘껏 젖은 추락을 막아주겠다 한 적 있었지

이제는 증발하는 토사물처럼 희끗해진 사랑과 맺은
어리석은 약속 따위를 핑계 삼아 나는 너무 많은 호의를
일말의 죄책감도 없는 파괴자의 심정으로 냉큼 잘라냈지
그 찰나의 틈을 통해 내 목숨 조금씩 도둑맞는 줄도 모르고
포말의 생멸보다도 잦은 빈도로 당신의 이름을 줄줄 읊었지

어디에 놓고 온 지도 모르게 잔뜩 잃어버린 것들은
무궁한 꿈으로 와 나를 천천히 갉아먹고 꺼진 만족을 채운다
누군가를 기다리는 일이 제법 길어지면
제 갈 길 가는 솔 향기 한 줌에도 화들짝 울고
약속이 급한 어제에 발이 빠져 저절로 기는 꼴이 되고
그러다 악몽에 뿌리내린 파란 잎사귀로 자라나고

그 위로 애틋하게 피어난 밤의 가장자리에 숨을 걸고는
실수도 없이 그래선 안 될 발을 모두 헛디디게 된다

# ( 참된 사랑 )

가족과 들른 레스토랑에서, 애인에게 선물을 건네며 활짝 웃는 여자를 본 적이 있다.

해가 다 저문 저녁 시간, 모처럼의 가족 외식을 위해 꽤 유명한 레스토랑에 들어갔을 때였는데, 우리가 안내받은 자리의 맞은편 창가 테이블에 서로 좋아 죽고 못 사는 듯한 남자와 여자가 앉아 있었다.

아무래도 그날은 남자의 생일인 모양이었고, 식사가 거의 다 끝나갈 무렵 여자는 가지고 온 손가방에서 예쁘게 포장된 상자를 꺼냈다. 여자가 그리 좋은 게 아니라서 미안하다며 수줍은 표정으로 남자에게 그 상자를 건네려는데, 웬일인지 남자가 허둥지둥하며 자신의 왼편에 놓인 백팩에서 꽃다발과 갈색 머플러를 꺼내 여자에게 황급히 선물하는 게 아닌가.

그 후에 남자가 여자에게 건넨 몇 마디의 감동적인 말들이 아직도 선명히 일렁이며, 나로 하여금 진심 어린 사랑을 믿게끔 한다.

"뭘 해도 마냥 좋을 날에 온종일 나랑 같이 있어줄 네가 오히려 선물을 받는 게 맞는 것 같아서 준비했거든."

그 뭉클한 대화를 함께 들은 어머니와 아버지는 웃으시며, 저렇게 한결같이 애틋한 눈빛과 큰 애정을 줄 수 있는 게 좋은 연애이지 않겠느냐 말씀하셨다.

어떠한 대가도 바라지 않고
서로를 아끼는 마음에 충실하며,
봄꽃처럼 포근한 품을 내어주는 것.

어쩌면 이게 이 세상 모든 연인이 마음에 새겨야만 하는 참된 사랑이 아닐까.

## ( 사랑 하나에도 )

사랑 하나에도 나는 충분히 웃는 사람이 될 수 있어요. 그 웃음이 당신에게 번지기라도 하는 날이면, 나는 어디든 훨훨 날아갈 수 있는 분홍색 유령이 되고 말 거예요. 조금도 무섭지 않은 선한 영혼이 되고 말 거예요.

어쩌면 어느 누군가에게는 사랑이 고작 한 줌의 감정으로 그치고야 말겠지만, 적어도 우리에게 사랑은 외로움 없이도 갈 수 있는 유일한 바다예요. 장미 덩굴처럼 서로의 품을 파고든 진청색 밤이에요. 걸음이 닫는 곳마다 부서진 별빛이 찬란히 빛나는 길이에요. 훗날 함께 도착해야만 하는 비밀의 언덕이에요.

설령 사랑보다 더 사랑 같은 말이 존재한다 해도, 나는 굳이 그 실재를 좇으려 하지 않을 거예요. 나는 사랑이라는 말 하나에도 벌써 오금이 저리는데, 그거 하나에도 우거진 수풀, 절기를 품은 미지근한 바람, 코끝을 여리게 쓰다듬는 꽃 내음, 우르르 몰려드는 먹색 구름, 끊어질 기미가 보이지 않는 산의 능선, 철썩철썩 성질내는 파도, 살짝 구부러진 약지까지 전부 미치도록 예쁘게만 보이는데, 혹 사랑보다 더 사랑 같은 말이 내게 닿는다면 나는 그만 죽을지도 몰라요.

그냥 사랑 하나만으로도 나는 악에 맞설 힘을 갖고, 이 방의 공기를 전부 저기로 옮기는 상상을 현실로 만들 수도, 아직 싹을 틔우지도 않은 씨앗에 한 떨기 꽃을 피울 수도, 무지개의 은은한 입꼬리에 걸터앉아 여가를 즐길 수도 있는, 그러니까 기대 이상으로 엄청난 사람이 될 수 있어요. 당신만의 애틋한 영웅이 될 수도 있어요.

이제 내 생애를 전부 그 손에 쥐어줄게요. 당신의 삶 대부분을 내게 주세요. 우리는 우리 자신을 그 누구도 끌어내릴 수 없는 꿈결의 우듬지에 올려두기로 해요. 낯설게 불어오는 바람을 피하지 말고 마음껏 흔들리기로 해요. 모나지 않게 돋아난 새순을 부러워 않기로 해요. 우리는 우리의 사랑 그대로를 사랑해야만 해요. 더 사랑 같은 사랑을 찾기 위해 설부른 욕심을 부려서는 안 돼요.

사랑보다도 더 사랑 같은 말을 애써 찾으려 말고, 우리 이 사랑 하나만으로도 만족할 만한 삶을 꾸려요. 정말이지 나는 아무 문제없다니까요. 존재의 허무함이 우리를 뒤덮을 때도 사랑 하나만 있다면 얼마든지 견뎌낼 수 있어요. 계속해서 살아내야만 하는 궁극적인 이유를 무더기로 발굴해낼 수 있어요. 내가 당신을 사랑하고, 당신이 나를 사랑하고, 우리가 우리를 사랑하는 이상, 그 무엇도 우리를 저 달의 영향권 바깥으로 내칠 수는 없는 거예요.

우리가 살구색으로 누운 이 밤과
무궁화처럼 일편단심 당신만을 향하는 애정과
당신의 코와 입을 통해 새어나오는 수억의 꽃가루를
미치도록 사랑해요.

## ( 아프로디테 )

너를 대신할 단어를 찾다가
꼬박 반나절을 지새웠어

내가 삼킨 문학 전부를 뱉어내어도
그에 상응하는 아름다움이 없었지

문득 다행이라는 생각

이다지도 내 세상에 낭만이 부족하고
너는 그 속에서 신처럼 전지전능하니
나는 너를 우러르고 소원처럼 바랄게

모든 악해지는 것들에서 나를 구원해

은혜 입은 자의 숨결로서 너를 섬길게
하늘에게서 훔쳐온 밤을 모두 네게 줄 테니
너는 별을 두르고 그처럼 계속 눈부셔

그 어두운 여백에서 나는
너와 너를 잇는 그저, 하나여도 좋아

## ( 만발의 준비 )

한 사람과의 연애가
웬만큼 오래 이어지다 보면
그 분위기가 조금은 차분해진다.

깊은 신뢰를 바탕으로
만남을 이어가고 있는 덕에,

처음만큼 연락을 자주 하지 못해도
의심이나 불안 따위의 감정이
예전처럼 파도치지는 않는다.

서로의 개인적인 일상과 휴식을
배려해주고자 하는 마음이 짙어져,

매일같이 얼굴을 보지 않더라도
그 마음의 온기는 식지 않는다.

각자의 위치에서 자신의 일에
최선을 다할 줄 아는 사람들이
무릇 자신이 속해 있는 사랑도
지혜롭게 잘 가꿔가는 법이다.

서로에게 끊임없이 익숙해질 뿐
결코 소홀해지는 것이 아니니까.

물론 활활 타오르기에 바쁘던
연애 초반의 그 쿵쾅거림도 좋지만,
무럭무럭 자라난 오랜 사랑 나름의
그 고요함도 꽤 마음에 든다.

이렇듯 나는 서로가 서로에게
세상에서 둘도 없는 친구이자
소중한 가족이 되어주기도 하는
그 편안한 만남이 참 좋다.

하나의 사랑만을
오래도록 품고 있다 보면
아주 가끔은 별의별 생각들이
다 들 때도 있겠지만,

그건 결코
그 사랑이 식어가는 게 아니라,
앞으로도 쭉 은은하게 타오르기 위한
만발의 준비를 하는 중인 것이다.

## ( 누군가 나를 좋아해준다는 것 )

누군가가 나를 좋아해줄 때, 그때 최선을 다해야 한다.

다 지나가버린 인연의 손을 뒤늦게 잡으려 허우적거리는 것만큼 어리석은 행동은 없을 테니까. 타인이 내게 보내는 관심은 결코 멀찍이 서서 눈으로만 즐기는 풍경 같은 것이 아니다. 어느 특정 계절이 와야만 마주할 수 있는 꽃을 만난 것처럼 반가워 발을 동동 굴러야 마땅한 것이다.

그러니 나에게 사랑이 주어졌을 때, 그때 최선을 다해 가꿔야 한다. 그렇게 정성으로 키워낸 사랑에서 얻어낸 포근한 양식을 그 사람에게 다시 건네는 것. 그것으로 우리는 사랑을 나눈다고 말하는 것이다.

누군가 나를 좋아해준다는 게
이만큼이나 사랑스러운 기적이다.

3부

# 나를 살게 하는 단어들

## ( 달팽이 한 마리 )

비가 그친 지 얼마 안 된 오후,
흙바닥 위를 열심히 훑으며 가는
부지런한 달팽이를 만난 적이 있다.

아주 느리게,
무척이나 천천히 뻗어가는 그 달팽이에 온 정신을 빼앗겨
가던 길도 잊고서 그 자리에 쪼그려 앉았다.

지나치게 빠르고
눈코 뜰 새 없이 바쁘게 지나가는
냉랭한 세상에서 휩쓸리듯 살아오다,
주변의 각진 시선 따위 안중에도 없는 것처럼
제 갈 길을 스르륵 나아가는 그 모습 보고 있자니

문득 느리게 사는 것도 참 멋지겠단 생각이 들었다.
그간 의식하지도 못한 채 훌쩍 지나쳐버린
주변의 어여쁜 풍경과 소중한 인연들을
절대로 놓칠 리 없는 느리디 느린 삶.

내가 선택한 길에 충실하고,
어쩔 수 없이 등 돌린 길에는
악한 후회보다 애틋한 미련을 섞어야지.

누군가를 은밀히 사랑하는 일에도,
오랜 꿈을 변함없이 좇는 일에도,
너무 조급해 말고 느리게 다가가야지.

어느 날 우연히 마주친 달팽이 한 마리가
나를 깊숙이 반성하게끔 했고,
귀중한 깨달음을 습기에 풍덩 섞어
내 마른 살갗 위에다 얹어주었다.

빗물을 머금은 풀숲 사이로
여유롭게 사라진 달팽이를 뒤로한 채

다시 내디딘 발걸음은 한결 가벼웠다.

느리게 살아야지.

왠지 모르게 울음이 터질 것 같았고,

그 덕에 조금 더 잘 살 수 있을 것 같았고,

하마터면 그냥 지나칠 뻔했던 그리운 하늘은

그날따라 유난히도 붉게 익어 있었다.

## ( 위로가 필요한 날 )

어떻게든 꾸역꾸역 살아가다가도 문득,
농도 짙은 응원이 간절해지는 순간이 온다.
내 나름의 소신을 바탕으로 한 자신감도
아주 가끔은 길을 잃고 휘청이기 마련이니까.

네가 하는 일이라면 그게 무엇이든 간에
결국에는 잘될 거라고 말해주는 다정함과
언제까지고 곁에 우뚝 서서 응원해주겠다는
든든한 목소리의 형태를 목격하게 될 때면,

어디서부터 솟아났는지 모를 긍정적인 힘이
불끈불끈 차오르다 못해 넘쳐나기도 하는 거다.

그렇게 각자의 삶에서 가장 소중한 이들과
서로의 꿈을 지지하고 행운을 빌어주며,
결코 붕괴하지 않을 굳건한 삶을 건설한다.

남들 다 하는 평범한 일을 하고 산다고 해서
괜스레 주눅 들 필요도 하나 없고,
내가 좋아하는 일을 업으로 삼고는 있지만
생각만큼 잘 풀리지 않는다 해서 못난 게 아니다.

더하는 것과 덜하는 것의 차이만 있을 뿐
우리는 모두 그런대로 최선을 다하고 있고,
조금 뒤처지는 것 따위 아무 문제도 되지 않는다.

당신이 좇고 있는 그 꿈은 꼭 이루어질 테고,
노심초사하며 걱정하는 그 일은 단번에 해결될 테고,
어리숙한 도전은 어떤 방향으로든 도움이 될 테고,
적당한 행운까지 찾아와 결국에는 다 잘될 테니까.

오늘 하루 애써 지어 보인 그 애달픈 웃음이
머지않아 짙은 행복으로 완전하게 탈바꿈되기를.

## ( 게으른 완벽주의자 )

타고난 천성이 게으르면서,

그렇다고 아무런 일도 하지 않을 때면

뭔가를 잃어가는 기분에 우울해지는 사람이 있다.

바로 나.

어쩔 수 없이 해야 하는 일이 주어졌을 때는

온갖 짜증과 싫은 소리를 연신 내뱉곤 하지만,

효율과 성과는 그럭저럭 괜찮은 편이라

주변 사람들에게 자주 칭찬을 받기도 한다.

일을 한다는 행위, 그 자체를 경멸하면서

아무것도 하지 않고 시간만 허비하는 것 또한

견디지 못하는 성격.
지나친 모순이라는 것을 너무나도 잘 알고 있다.

격렬하게 쉬고 싶다는 생각과
뭐라도 해야 하지 않겠느냐는 생각이
어딘가 깊은 곳에서 하루에도 몇 번씩 부딪힌다.

이제는 나조차도 이런 나의 성격을 단 한 가지로
정의하지 못하는 혼란스러운 지경까지 이르렀다.

하루빨리 해치워야만 하는 일을
정말 그 끄트머리까지 붙들고 있다가,
벼락치기라도 하듯 급하게 해결하는 습관이 짙다.

이 어지러운 삶을 하루라도 탈 없이
무사히 보낸 것만으로도 충분히 잘한 일일 텐데,
나는 언제까지 이 게으름을 등에 업고
무언가 해내야만 한다는 강박에 시달리게 될까.

# ( 끝날 때까지 끝난 게 아니라고 )

어느덧 막을 내린 지 꽤 되었지만, 나는 여전히 도쿄 올림픽의 감흥에 젖어 있다. 그간 이렇게 많은 스포츠 경기를 눈에 담은 적이 있었을까 싶을 만큼, 수많은 경기를 관람하며 응원했던 대회였다. 아마도 선수들의 간절함과 치열함, 그리고 한 나라를 대표하며 그 책임감 앞에 최선을 다하는 모습이 너무도 아름다웠기 때문이리라. 어느 하나 감동적이지 않은 순간이 없었다.

그러는 나는 지금껏 살아오면서 이토록 무언가에 간절하게
온갖 열정을 쏟아부은 적이 있었던가.
누군가가 고된 노력으로 일궈낸 성과 앞에서
늘 얄팍한 열등감에 괴로워하지 않았었던가 생각해봤다.

물론 할 수 있는 한 최선을 다한 적도 있었지만, 그에 뒤따르

결과에는 늘 불만과 자책으로 일관했다. 생각만큼 글이 잘 써지지 않을 때도, 며칠 밤을 새워가며 쓴 글이 좋은 반응을 얻지 못했을 때도 나는 나의 미숙함을 탓하기에 여념이 없었다.

결과 뒤에 가려져 있는 과정을 모른 척하기에 바빴고, 나 자신을 칭찬하고 격려해야만 하는 순간 앞에서는 지나치게 엄격했다. 열과 성을 아낌없이 쏟아부었다면, 결과야 어떻든 그것으로 충분한 것이었음에도 불구하고.

그런 의미에서 선수들의 모습은 내게 셀 수 없을 만큼 많은 깨달음을 안겨주었다. 그중 가장 큰 수확은, 이젠 안 되겠다 싶을 때 '역시 나에게는 너무 과분한 길이었나 보다'가 아니라, '끝날 때까지 끝난 게 아니야. 혹여 정말 끝이 나버리더라도 최선을 다했다면 나름의 성과를 얻어낸 셈이고'라는 생각을 가져야 마땅함을 알게 된 것. 그게 정말 옳다고 믿게 된 것.

그 과정에 후회를 담지 않았다면, 조금의 재미라도 느꼈다면, 앞으로 더 나아가고자 하는 원동력을 얻었다면, 제아무리 누군가가 나를 놀려대고 모질게 비난한대도 패배감에 잠식될 필요는 없다. 우리는 모두가 자신이 택한 자신만의 길 위에 놓여 있고, 그 길목에서 무엇이 우리를 향해 날카롭게 날아온들 최선과 노력이라는 이름 앞에서는 전부 무력해지기 마련이니까. 누가 뭐래도 이 세상에 나 같은 사람은 오직 나뿐이니까.

아무리 많은 비가 쏟아져 내리고
앞이 보이지 않을 만큼 눈이 펑펑 내리고
천둥과 번개가 온 세상을 어지럽혀놓는다 해도,
끝끝내 하늘은 맑게 개고
햇빛이 바싹하게 잘 마른 날이 온다.

일상 속의 걱정과 불안 같은, 이따금 드리우는 먹구름 몇 점도 조금만 다른 관점으로 본다면 그 또한 멋진 풍경이다. 결과가 정해져 있지 않은 스포츠처럼 우리네 삶도 예측할 수 없는 순간순간이 더해져 비로소 완성된다. 우리는 오늘도, 바로 지금도 예측할 수 없는 순간을 지나보내고 있다. 매 순간 해피엔딩이 아니더라도, 훗날 눈부시게 완성될 우리의 삶은 필히 해피엔딩이 될 것을 믿어 의심치 않는다.

자주 우울해지고 문득 짙어진 불안에 하루를 모두 낭비해버린대도 다 괜찮다. 잘하고 싶은 만큼 잘할 수 없는 현실에 부딪혀 실의의 날들을 보내도 좋고, 잡힐 듯 잡히지 않는 꿈을 바로 앞에 두고 어둠 속에 갇혀도 좋다. 본디 해가 뜨기 바로 직전의 새벽이 가장 어두운 법이니까. 어찌해도 해는 뜨고 그토록 바라던 꿈에 손끝이 닿게 될 테니까.

그럼에도 많이 불안하다면 그 불안을 그대로 인정하면 될 일이다. 불안 없이 지속되는 삶이 없듯, 불안과 적당한 열등감이 결국 우리를 조금 더 단단하게 만들어주고, 결국엔 무언가를 이뤄낼 수 있게끔 하는 결정적인 힘을 손에 쥐여줄 테니까.

정말 다 괜찮다.
세상 누구보다 최선을 다해 살고 있는
나와 당신의 삶을
우리 모두가 알고 있으니 다 괜찮다.

## ( 분위기에 휩쓸리지 않는 사람 )

다른 사람들이 어떻게 살아가든 간에
나는 나의 색을 잃지 않아야만 한다.

우리는 누구나 어떠한 집단에 속하게 되면
그 무리의 성질을 따라가기 위해 부단히 애쓴다.
일을 할 때나 학교에서 등
수많은 사람이 함께 모이는 곳이라면
그 어느 곳이라도 예외 없이 말이다.

평소 그리 활발하거나 사교적이지 않은 사람도
그 무리의 분위기에 맞추고 적응하기 위해,
괜히 원래부터 밝은 성격을 가진 것처럼 행동하며
동료들에게 먼저 말을 걸어보기도 한다.

반대로 밝고 명랑한 성격을 타고났더라도
그 무리의 분위기 자체가 조금 침체되고 어둡다면,
그에 맞춰 조용하고 차분한 척을 하게 되는 거다.

이러한 억지로 자아낸 행동들에서 오는 스트레스는
이루 말할 수 없을 정도라 해도 과언이 아니다.
이는 자신의 본성을 꼭꼭 숨기고 살아야
이 냉정한 사회에서 실패하지 않는다는 것을
무의식적으로 인지했기 때문일 것이다.

하지만 내가 굳이 본성을 애써 숨기지 않아도
나의 능력과 진심을 제대로 알아주는 사람은
분명히 내 앞에 나타나기 마련이라는 사실을
이제는 똑똑히 알고 있다.

나의 개성 있는 성격을 거짓으로 꾸미는 일은
일의 효율을 떨어트리는 결과를 초래할 뿐이다.

그러니 우리는 모두,
분위기에 지지 않는 사람이 되어야만 한다.

## ( 내내 아프지 않기를 )

나는 왜 이렇게 잘 안 될까,
하는 생각이 까끌까끌한 형태로
머릿속에 자리 잡은 듯합니다.

이 생각은 아주 잠깐 몸을 비트는 작은 행동에도, 연약한 머릿속에서 끝없이 전전하며 꾸준히 고통을 주는 모양이에요. 표면에 돋은 돌기 같은 것들이 무한히 회전하며 이곳저곳을 세게 긁어대는 겁니다. 그러는 과정에서 깊은 상처가 생기기도 하고, 보기 흉하게 짓무르기도 하는 거죠.

'며칠쯤 아무것도 하지 않아도 죽지 않는다'
라는 말을 좋아합니다. 그 말을 꽤 신뢰하고 있기도 한데요.
해야만 하는 일, 그러니까 써야만 하는 글이

가득 밀려 있을 때면,

늘 위와 같은 말을 속으로 되뇌고는 합니다.

대부분 마음처럼 되지 않는 경우가 허다하지만요.

요즘처럼 몸을 바깥으로 빼내는 것에 많은 제한이 있을 때는, 어쩔 수 없이 축 처진 몸과 마음을 이끌고 하루를 살아내야 하는 경우가 잦습니다. 분명 다른 이들도 나와 별다를 것 없는 삶을 지나보내고 있음을 알고 있지만, 괜스레 나만 뒤처지는 것 같은 느낌에 심히 분주해지기 일쑤입니다. 여기서 아주 모순적인 사실은, 정작 바쁘게 움직여야 할 팔과 다리는 제 역할을 완벽히 잊은 듯 부동을 유지하더라는 것이죠. 괜히 마음만 조급함에 휩싸이고 마는 겁니다.

우리는 언제쯤 아무것도 하지 않아도 되는 삶을 꾸릴 수 있을까요. 언제쯤 나를 옥죄는 것들 전부 책장 사이에 잠시 끼워두고, 홀가분한 마음으로 집을 나설 수 있을까요. 도대체 언제쯤 '나는 왜 이렇게 잘 안 될까'라는 생각에, '자꾸만 의무감으로 무언가를 하려고 드니까, 그러니까 그만큼 더 많은 실패가 뒤따르는 게 당연하지'라며 당당하게 반박할 수 있을까요.

어림도 없는 욕심이겠지만,

이제는 느긋한 마음을 주축으로

커다랗게 회전하는 삶을 살고 싶습니다.

가끔 지나치게 게을러지더라도, 그 널브러진 나 자신의 모습을 기꺼이 눈감고 넘길 수 있는 넓은 아량을 지니고 싶습니다. 문득 누군가가 그리워진다면, 스스로 그 가여운 마음을 자상하게 보듬을 수 있는 삶. 누군가를 감히 사랑하고자 하는 마음이 샘솟는다면, 당장에 입을 크게 벌려 그 마음을 전부 표출해낼 수 있는 애틋한 삶. 하루라도 빨리 그런 삶을 살아보고 싶습니다.

이 말만은 전하고 싶었습니다. 내내 아프지 마세요. 완전히 죽어버렸다 여겼던 고목에서도 봄이면 연둣빛 새순이 돋고는 하는데, 하물며 우리라고 손끝에서 생명만큼 귀중한 것을 틔워내지 못하리라는 법이 있을까요.

이듬해 봄 즈음, 필히 이루어져 있을 우리 모두의 눈부신 성장을 진심으로 응원합니다.

## ( 별들의 선물 )

잘하고 있어요.

조금의 거짓말도 없이

정말 너무 잘하고 있다니까요.

요즘 좀 잠이 안 오고,

주저앉은 그 자리에 그대로 몸을 뉘여버리고만 싶고,

옳다고 확신하고 굳게 믿었던 것들이

이제는 정말 단 하나도 알 수 없는 일이 되어버렸대도,

전부 다 괜찮고 무조건 잘하고 있는 거예요.

오늘은 좋아하는 것 잔뜩 먹고

달콤한 디저트도 여러 개 사 들고 집으로 돌아가서,

새까만 밤하늘을 한 번만 올려다보자고요.

알알이 박혀 있는 노란 별 하나하나에다
위로, 응원, 꿈 같은
지금 내게 간절한 이름 붙여두고,
손가락으로 그 별들을
천천히 헤아려보는 거예요.

그렇게 하는 것만으로도
별들은 자신에게 애틋한 이름을 붙여준 사람의
간절한 소원을 들어준다니까요.

속는 셈 치고 한번 믿어봐요.
당신은 참 괜찮은 사람이니까,
별들이 위로와 응원을 보내며
애타게 좇는 그 꿈의 실현을
꼭 선물해줄 거예요.

## ( 나의 행복을 먼저 바라는 사람들 )

괜히 울먹이게 될 만큼 힘든 날이면,
나를 진심으로 아껴줄 것 같은 이들을
하나둘 생각하거나 당장에 찾기도 해요.

나는 언제나 네 편이야,
라고 말해주는 그 음성 속에
한 치의 거짓도 없을 사람들을요.

다시는 넘어설 수 없을 것만 같은
높고 날카로운 벽이 내 앞에 우뚝 서 있어도,
그들이 건네주는 힘 있는 격려와 용기는
늘 나를 씩씩하고 겁 없는 사람으로 만들어
계속해서 나아갈 수 있게끔 해주거든요.

또한 그 사람들은 나의 무조건적인 성공보단,
그 과정에서의 '진짜 행복'을 더 바라요.

내가 자주 행복하기를, 너무 아파하지 않기를.
무엇보다 내가 나로 살아갈 수 있기를.

내가 견딜 수 없을 만큼 지친 탓에
어디론가 무작정 도망치기라도 한다면,
그곳이 어디든 기꺼이 함께해주기도 하고
지겨울 법한 이야기를 내내 들어주거나
크게 도움이 되는 조언을 건네기도 해요.

그러니 나는 잠시 넘어지더라도
결코 완전히 부서지는 일이 없고,
커다란 힘듦이 나를 덮쳐온다 해도
숨 막혀 죽게 되는 일 따위 생기지 않습니다.

이는 그 고마운 사람들이 어떻게든
내게 다시 일어날 힘을 불어넣어줄 거라
굳게 믿고 또 믿고 있기 때문입니다.

## ( 어느 택시 기사님 )

몹시도 지친 몸을 이끌고 집으로 돌아가던 택시 안에서 별안간 기사님이 이렇게 물으셨다.

"오늘 날이 참 춥지요? 그나저나 실례일 것도 같지만 표정이 많이 안 좋아 보이네요. 혹시 무슨 일 있었나요?"

나는 그러면 안 된다는 걸 머리로는 알고 있었지만, 고단한 마음에 잠든 척 대답을 하지 않았다. 우리는 그 단절을 기점으로 한참 동안을 침묵 속에서 달리다가, 기사님의 갑작스럽고도 전혀 생각지 못한 아픈 고백에 대화의 물꼬가 트이기 시작했다. 그러고는 불과 2년 전에 나와 또래였던 기사님의 아들이 스스로 목숨을 끊었다는 가슴 아린 사실을 알게 됐다. 내게 그 이야기를 해주시는 백미러에 비친 기사님의 눈가엔 어느새 눅눅히

물기가 어렸고, 애써 다듬은 불안한 음성으로 이런 말씀을 해주셨다.

“그때 아들놈이 딱 지금 손님처럼 슬픈 표정으로 하루하루를 버텨내듯 살곤 했거든요. 나는 정말이지 아무것도 몰랐어. 그냥 조금 버거운 일이 있었겠지, 하면서 가볍게 넘기기 일쑤였어요. 그러곤 그날 그 사달이 난 거야. 이 어린놈이 도대체 뭐가 그렇게 힘들고 억울해서 이렇게 된 걸까. 그렇게 한참을 납득하지 못하다가, 문득 그런 생각이 들더라니까요.

나이가 많든 적든 힘든 건 매한가지다. 그러니까 소중한 사람이 슬퍼 보인다면 귀찮아 말고 당장에 토닥여줘야 한다. 때로는 말하지 않아도 내 마음을 단번에 알아주는 사람의 위로에 계속 살아갈 원동력을 얻곤 하잖아요. 손님은 지금 어떤 힘든 일이 있든 간에 어떻게든 살아서 빛을 보기를 바라요. 아들 같아서 하는 말이야. 아들 같아서.”

꽤 오랜 시간이 지났음에도 여전히 선명한 기억으로 남아 있는 그날의 대화. 조금 과장해서 지금껏 내가 잘 살아올 수 있었던 이유가 그날의 위로 덕분이었다고도 생각한다.

굳이 힘들다고, 살려달라고 입 밖으로 꺼내지 않아도 먼저 다가와 주는 사람의 위로는 참 큰 힘을 가진 것 같다. 그러는 우리 또한 가끔이라도 주변의 소중한 사람들이 어떤 표정으로 요즘을 살아가고 있는지 살펴볼 필요가 있지 않을까. 내가 건넨 알맞은 위로가 그 사람의 마음 전체를 따뜻이 데워줄 수도 있는 일이니까.

내 사람은
꼭 내가 지킬 수 있는
우리가 되기를.

## ( 당신을 초대합니다 )

언젠가는 작은 와인바를 하나 운영하고 싶다는 생각을 종종 한다. 꽤 오래전부터 엇비슷한 계획을 품고는 있었지만, 최근 들어 그 계획에 살이 붙고 색이 입혀져 그럴듯한 꿈으로까지 자리 잡았다.

좁은 평수의 아담한 공간을 구해 사각형의 목조 테이블을 서너 개 정도만 놓아두고, 나와 가까이 마주 앉아 술과 음식을 즐길 수 있는 기다란 바 형태의 자리에 조금 더 많은 비중을 둘 생각이다. 애초에 와인바를 차리고 싶다는 생각을 하게 된 것도, 낯선 이들과 내가 자연스레 진솔한 이야기를 주고받을 수 있는 방법이 무엇이 있을까, 하는 고민에서부터 파생되었으니까.

누군가의 진심을 듣고 그에 알맞은 대답을 내어주는 일은 언제나 눈물겹지 않나. 그중에서도 굳이 와인바를 택한 이유는 순전히 내가 평소 와인을 즐기기 때문이다. 비교적 다른 주종에 비해 '사랑'이라는 단어와 가장 닮아 있기도 하고. 퍽 싱겁다 여길 수도 있을 만큼 시시한 이유지만 정말 그뿐이다.

나는 유독 외로움을 많이 탄다. 그렇다고 그 감정을 애써 진정시키기 위해 무던히 노력하는 편은 아니다. 기분을 환기한다는 핑계로 누군가와의 잦은 약속을 잡는 일을 삼간다는 말이다. 괜한 감정 소모는 자칫 나름의 균형을 잘 잡고 있던 내 외로움에 커다란 균열을 야기할 수도 있는 일이니까. 그래서 고심 끝에 생각해낸 것이 바로 와인바를 운영하는 일이다. 어찌 보면 원하건 원치 않건 손님을 계속해서 받아야만 하는 일이 조금은 강제적으로 다가올 수도 있겠지만, 그럼에도 그 끊이지 않는 인적이 나를 이 지긋지긋한 슬픔에서 완벽히 구원해주리라는 믿음이 꽤 확고하다.

내친김에 가게 전체의 인테리어에 대해서도 머릿속으로 선명히 그려보곤 한다. 고풍스러운 분위기의 가구들을 주축으로, 그에 맞는 여러 아기자기한 소품들을 곳곳에 배치하고 싶다. 평소 아끼는 턴테이블을 내가 요리를 하고 술을 다루는 곳과 가장 가까운 곳에 놓아두고, 사랑하는 음악들로만 가득한 LP

를 올려두고 싶다. Emily Watts 버전의 〈La Vie En Rose〉와 Frank Sinatra의 〈Fly Me To The Moon〉. 그리고 Bill Evans의 〈Midnight Mood〉 같은 우아한 재즈 음악을 진종일 틀어둬야지.

재즈에 문외한이기에 혹 가게를 찾아준 손님이 어떠한 음악을 추천해주고, 나에게도 그 음악이 꽤 멋지게 들린다면 언제든 턴테이블 위에 올려둘 의향이 있다. 그게 재즈가 아니더라도 아무런 상관없다. 나와 음악적 취향이 비슷한 사람과의 만남은 늘 나에게 들뜬 마음을 선사하니까. 그중에서도 '검정치마'의 음악을 즐겨 듣는다는 이와 마주할 때면, 심장부에서부터 어떤 전율이 번뜩이기도 한다.

나 이외의 직원은 따로 두지 않을 생각이다. 많은 분이 찾아주는 명소가 되기를 조금도 바라지 않고 있다면 거짓이겠지만, 그렇다고 눈코 뜰 새 없이 바쁘게 돌아가는 소위 핫 플레이스 같은 분위기를 원하는 것도 아니다.

앞서 말했듯이 가게를 찾아준 손님들과 편안한 시간 속에서 잔잔히 서로의 삶을 나누고 싶을 뿐이다. 더 많은 부를 누리겠다는 욕심 탓에 새로운 이야기를 듣고 기억할 수 있는 소중한 기회를 포기하고 싶지는 않다. 이는 내가 와인바를 차리고자 했던 궁극적인 이유에도 크게 어긋나는 일이기에. 조금은 힘에 부칠지라도 나 혼자서 소소하게 오랫동안 꾸려갈 수 있는 공간을 만들고 싶은 거다.

메인 메뉴로는 그나마 자신 있는 명란 파스타를 앞세우고, 차차 더 많은 요리를 연구해 메뉴에 추가해야지. 내가 만든 요리를 맛있게 먹어주는 사람을 앞에 두고, 그 사람의 하루를 조용히 들어주다 이따금 나의 하루 또한 그 위에 슬쩍 올려놓는 일. 누군가의 사랑을, 이별을, 꿈을 간접적으로나마 경험하는 일. 정말이지 상상하는 것만으로도 벌써부터 한껏 행복해진다.

물론 글쓰기를 멈출 생각은 추호도 없다. 언젠가 내가 차리게 될 그 와인바가 나와 내 글을 읽어주는 독자들을 편하게 이어주는 공간이 되었으면 좋겠다. 그들에게 내가 글과 책 속에만 사는 희미한 존재가 아니라, 단골 식당의 사장님이나 친한 친구처럼 언제든 찾았을 때 웃으며 반겨줄 수 있는 다정하고 선명한 인연이 되었으면 좋겠다. 그리하여 내가 이곳에 매번 나의 이야기를 털어놓는 것처럼, 당신도 내킬 때 그곳의 나를 찾아와 당신의 이야기를 털어놓을 수 있게끔.

## ( 나 자신을 위해 해줄 수 있는 일 )

'잠깐, 나는 남을 위로해줄 줄만 알았지
정작 내가 나를 챙겼던 적이 있었던가?'
이래저래 복잡한 일이 많은 요즘,
문득 내 머릿속을 스치는 생각이다.

맞는 말이다.
애인이나 친구가 힘들다며 나를 찾았을 때는
마치 내 일인 것처럼 열을 올리며
어떻게든 위로를 건네려 했으면서,

정작 내가 이토록 무너지는 동안
나는 나를 위로할 생각조차 않은 채
도대체 무얼 하고 있었던 건가.

'그러는 나는 지금부터라도
나 자신을 위해서 무엇을 할 수 있을까'
라는 생각을 함과 동시에
나 자신에게 미안함을 가득 담아서
짧은 편지를 한 통 보내고 싶어졌다.

그동안 너무 함부로 대하고
항상 타인의 뒤로 미뤄둬서 미안해.

자주 돌봐주지도 않았으면서
무조건 잘해야 한다고만
강요해서 미안해.

그래도 이런 나를 놓지 않고
끝까지 참고 버텨줘서 고마워.

이제부터라도 우리,
꼭 나 자신을 먼저 위하면서
자주 웃을 수 있도록 그렇게 지내보자.

## ( 너무 착하게만 살지 않기 )

우리 너무 착하게만 살지는 말자.

타인의 이로움만 따지느라 정작 내 행복을 뒷전으로 미루지는 말자. 사람들의 기대에 부응하고자 없는 힘 쥐어 짜내면서까지 너무 열심히 살지도 말고, 금방이라도 무너지려 한다면 눈앞에 보이는 애먼 사람 옷자락이라도 붙잡고서 한숨 돌리자. 자주 게을러지더라도, 누군가의 미움을 사더라도, 아무렴 어때, 하는 가벼운 마음으로 깃털처럼 나풀나풀 살아내자.

이제는 매번 당하기만 하는 바보보다 적당히 영리하게 행동할 줄도 아는 그런 사람이 되어도 괜찮을 테니까. 바람이 빠져 흐물흐물해져 가는 안타까운 우리의 소중한 삶에, 아무런 눈치도 섞지 않은 따뜻한 공기를 잔뜩 불어넣자.

## ( 거짓 감정에 속지 않기 )

지금의 너를 온통 뒤덮고 있는
그 감정에 절대 속아서는 안 돼.

아주 잠깐 네게 머물렀다
끝끝내 사라지고야 말 그 허구의 감정에
귀하디 귀한 네 진짜 속내를
희생시켜서는 안 된다는 말이야.

드넓게 펼쳐진 바다를 한번 떠올려보자.
우리는 누구라고 할 것 없이 모두가
그 바다의 색이 푸르다는 것을 알고 있잖아.

그럼에도 불구하고

갑자기 그 바다에 짙은 안개가 끼거나
어두컴컴한 밤이 잔뜩 드리우면,

우리는 금세 푸르던 바다를 전부 잊고
그 바다가 가진 본래의 색이
회색이거나 검은색이라 착각하고야 말아.

그 칙칙한 색을 모두 걷어내고 보면
속에는 푸른빛을 띠는 바다가
여전히 출렁이고 있을 텐데 말이지.

지금 네게 드리운 그 슬픔도
이와 크게 다를 것이 없어.

그저 지나가는 흐린 날씨이자
고작 하루의 반절밖에 안 되는
어두운 밤일 뿐인 거야.

쾌청한 하늘이 활짝 열리면
다시금 푸르게 펼쳐지는 바다처럼,

너를 속이려 악을 쓰는 슬픔이 모두 걷히면
흐트러진 네 마음도 안정을 되찾을 수 있어.

거짓 감정에 흔들리지 마.
거짓 슬픔에 속아주지 마.
네 마음이 가진 본래의 색과 모습은
푸르른 바다색이자 쾌청한 평안이니까.

## ( 고통과 싸울 용기 )

영양가 없는 말로 들리기 쉽겠지만,

죽을 만큼 힘든 순간도 언젠가는 다 지나간다.

며칠 밤을 잠도 제대로 이루지 못하고서

수취인이 불분명한 기도를 내내 읊조리게 되는,

그만큼이나 내 마음을 힘들게 하는 일도

농담처럼 시답잖은 일이 되기 마련이다.

적어도 그간에 내가 겪어온 힘듦은

모두 그리 오래 버티지 못하고

나를 괴롭히는 일을 멈추었다.

그 순간만큼은 이 고통 속에서

더는 살고 싶지 않다는 생각을 할 정도로
정신 상태가 피폐해지기도 할 테지만,

내게 너무나도 소중한 사람들의 얼굴을
한 명 한 명 떠올릴 정도의 시간만,
정말 딱 그 정도로 찰나의 시간만 버텨낸다면
고통은 언제 그랬냐는 듯 사라지고 만다.

그 과정에서 나는 또 한층 성장할 수 있고,
생각보다 강한 것만 같은 자기 자신을 보며
기꺼이 칭찬하게 되는 쾌거를 이루기도 한다.

그러니 나를 괴롭히지 못해 안달인 일들에
내 소중한 시간과 삶을 전부 내어주지는 말자.

이 세상에는 무겁고 날카로운 힘듦보다
감칠맛 나는 행복을 주는 좋은 일들이 더 많다.

물론 이 글을 읽고 있을 당신 또한
그런 좋은 일들에 흠뻑 빠질 자격이 충분하다.

그 누구도 나를 품어주지 않는다면

내가 나를 굳게 믿어주면 되는 일이고,

덩치 큰 힘듦이 나를 꿀꺽 삼키려 든다면

눈 질끈 감고 맞서 싸울 용기를 내면 된다.

## ( 겨울로 가야만 한다 )

일 년 내내 겨울인 곳에 가서 살고 싶다는 생각을 자주 한다. 하늘이 무서우리만큼 하얗고, 두꺼운 옷가지 밖으로 드러난 목덜미며 손등이며 하는 무방비의 살갗에 차가운 햇빛이 내려앉는 곳. 어제 거닐었던 장소를 오늘 다시 찾으면, 움푹 팬 그대로 얼어붙은 내 발자국이 기다리는 곳. 땀 흘리는 것을 죽기보다 싫어하니, 그 원망의 마음이 숲속 이곳저곳을 떠돌다 결국 이러한 생각까지 닿게 된 게 어쩌면 당연한 귀결이 아닐까 싶다.

언젠가 얼음이 이제 막 봉오리를 찢고 나온 꽃처럼 피어 있는 나무를 본 적이 있다. 문득 술이 마시고 싶다는 생각이 들어 가까운 선술집으로 들어갔는데, 그곳은 잔혹한 한파로 정신 차릴 틈 없는 바깥과 달리 한껏 달아오른 몸을 식히기 위해 더운 이야기를 잔뜩 쏟아내는 사람들로 가득했다.

'어쩌지. 나는 아직 더워지고 싶지 않은데.'

도망치듯 그곳에서 뛰쳐나와 다시금 얼음꽃 잔뜩 피운 나무 아래에 도착하자, 그럴 리 없는 얼음들이 조금씩 녹아 흰 바닥으로 투신하고 있었다. 갑자기 외로워진 앙상한 가지처럼 돌아오지 않는 얼음과 직경 일 센티미터 남짓한 구멍이 뚫린 회백색 바닥을 처량히 내려다봤다.

아마 그때부터였다고 나는 기억하고 있다.

내가 영원히 아무것도 녹거나 흐르지 않는,

내내 겨울뿐인 곳에서 살고 싶다는 생각을 하기 시작한 게.

어린 시절, 나는 누군가에게 비난받는 것을 죽을 만큼 싫어했다. 세상 어느 누가 비난받는 일에 익숙하겠느냐마는, 정말이지 나는 심각할 정도로 그러한 순간에 놓이는 것을 무서워했다. 우려했던 상황을 겪은 날이면, 늘 아무도 없는 곳으로 숨어들어 머리며, 가슴팍이며, 허벅지 같은 신체 부위를 꽉 쥔 주먹으로 세게 내려치곤 했을 정도니까. 아직 초등학교에 입학하지도 않은 어린 나이에, 도대체 무엇이 그리도 두렵고 서러웠을까.

이제 와 그 시절을 떠올리면, 늘 자기 자신을 아프게 하고 경멸하는 내 작디작은 모습만 분명히 그려져서 퍽 속상할 따름이다. 그때는 정말 내 몸과 마음 중 어느 하나 녹아내리지 않는 곳이 없었다. 종일 무더운 여름이었다. 창밖으로 세찬 눈발이 쏟아져도 나 혼자만 완연한 여름이었다.

외로웠던 걸까.
가족들의 충분한 애정에도
감히 만족하지 못하고 외로워했던 걸까.

나에게는 두 개의 자아가 있다고 늘 믿어왔다. 하나는 이 생을 그만 놓고 싶다는 생각을 습관처럼 해대는 추악한 영혼이고, 또 하나는 그 심술궂은 영혼의 추태를 중재하느라 늘 애를 먹는 안쓰러운 영혼. 전자의 영혼이 급작스러운 난동을 부릴 때면, 후자의 영혼은 매번 같은 말을 내뱉어 긴박한 상황을 어렵사리 종료시키곤 했다.

'하지 마. 제발 그러지 좀 마. 악몽 같은 삶에 스스로 빠져들지 마. 흐릿해서 잘 보이지도 않는 저 먼 내일을 애써 헤집어보려 하지 마. 우리는 날 때부터 끝끝내 복구할 수 없는 오류투성이인 채로 여기에 던져진 거야. 몸을 누인 자리에 누군가의 비난이 눈비처럼 묽게 쏟아진대도, 눈 뜨지 말고 입도 벌리지 마.

어쩌다 마주친 짐승의 사체에 네 모습을 대입시키지 마. 어떤 일이든 그 목숨을 걸 만큼 중요히 여기지 마. 죽지 마.'

어찌저찌 죽지 않고 지금껏 살아냈지만, 과연 이런 나를 끝까지 품고 가줄 사람이 이 세계에 있을까. 나와 일 년 내내 겨울인 곳으로 가 삶을 꾸릴 사람이. 삶까지는 아니더라도, 종종 나누는 안부 전화에 불편한 기색을 보이지 않는 사람이. 내 안쓰러운 영혼이 생명을 다했을 때, 그 역할을 대신해줄 사람이 있을까. 영원히 아무것도 녹지 않을 거라고, 더는 내가 속절없이 흐르는 것을 목격하지 않아도 되게끔 해주겠다고 말해줄 사람이.

이 순간에도 무언가는 계속 녹고 있고, 잔뜩 조여진 등줄기를 따라 한 줄기씩 흐르고 있다. 나는 역시 온통 흰 겨울로 반드시 가야만 한다. 더 늦지 않게. 내가 정말 죽어버리기 전에. 웬만해선 해가 뜨지 않는 깊은 겨울로 가야만 한다. 언제든 내가 나를 버리고, 가장 뜨거운 진실을 무심코 숨길 수 있는 곳. 무섭도록 냉랭한 세계, 그 겨울로 가야만 한다.

# ( 정말 아무 일도 생기지 않을 거래 )

쉽게 죽으려 들지 말자.

마음에 들지 않더라도 견줄 만한 상대 없는 귀한 목숨이잖아. 우리 같은 인간들은 원체 촌스럽고 궁상맞아서 작은 품에 큰 걱정을 담고 살아. 저기 바닥에 널브러진 흔한 게 바로 행복이나 기쁨이란 것들인데, 혹 내 것이 아닐까 봐 선불리 주워 담지도 못하는 거야. 그렇다고 건드릴 용기가 없는 것도 아닌데 말이지. 조심조심 다가가 손을 내밀다가도 발을 뻗어 힘껏 밟아버리곤 해. 눈앞의 꿈결 같은 파랑새가 내게 날아올 준비를 모두 끝냈는데, 손에 힘 꽉 주고 입술을 세게 깨물어 스스로 그 멋진 꿈에서 벌떡 깨어버리는 거지. 다 인간이라서, 그럴 수밖에 없게끔 태어난 여린 마음이라서 그래.

진종일 나쁜 일이 일어나지 않을까,
맘 졸이지 않아도 돼.

눈두덩이를 세게 간질이는 아침볕에 두 눈 번쩍 떠보면 알 수 있거든. 정말 아무 일도 일어나지 않잖아. 그새를 못 참고 좋은 일을 기대하는 건 욕심이지 않을까. 어떤 혼란도 없는 유순한 삶에 만족하자. 나도 꼭 그럴 테니까. 이유 없는 눈물이 쏟아진다면 커다란 양동이라도 받쳐두고 끝도 없이 흘려보내는 거야. 눈물샘을 모두 비워내면 조금 더 예쁜 것들이 보이기 시작할 테니까. 끈끈한 기억이 발목을 잡고 놓아주지 않을 때는 차라리 그 자리에 주저앉아 푹 쉬었다 가자. 달이 예쁜 겨울이잖아. 손이 조금 시려워도 우리는 점퍼 주머니에 가진 슬픔 전부 넣어두고 따뜻한 입김을 불어넣을 수 있어. 그 입김에는 셀 수도 없을 만큼 많은 사랑이 들어 있거든.

흘러가는 세월이 나를 태운 채로
정거장도 없이 나아간들 다 괜찮아.

나이는 누구나 공평하게 먹는 거니까. 결코 누군가 내 것을 빼앗아가는 일도, 내가 다른 사람의 것을 탐내는 일도 생기지 않는 거의 유일한 게 나이라는 거니까. 억울해하지 말자는 거야. 우리는 그동안 그리 적지 않은 웃음을 터트리기도 했잖아. 늙어버린 만큼 당장에 죽고 싶단 생각을 품기엔 너무 가진 것이 많은 삶이잖아.

꼭 달이 아니더라도
별이 참 예쁜 겨울이야.

여러 갈래로 번지는 별빛이 꼭 우리에게도 와줄 것 같아. 가슴께에 별빛을 심으면 별이 자란대. 그러니 우리는 모두 오늘 밤부터 가슴속에 별 하나씩 품고 사는 셈인 거지. 그러니까 살자. 화려하고 여유롭게 살지는 못하더라도, 애틋하고 밝고 맑은 눈동자 열게 붉히며 살아가자. 우리는 반짝이는 별씩이나 가진 남부러울 것 없는 부자인데, 고작 모진 고통 하나 이겨내지 못하면 그것 참 우스운 꼴이지 않을까.

내일도 역시 걱정과 기대를 저버린 채
아무 일도 일어나지 않을 거래.

우리는 오늘 그저 밥 잘 챙겨 먹고, 좋아하는 노래도 듣고, 아끼는 영화도 찾아보고, 흔한 거리를 산책하고, 거실 화병에 꽂아둘 꽃도 한 아름 사고, 추위에 떠는 길고양이에 따뜻한 곳과 좋아할 법한 먹이를 마련해주고, 읽고 싶던 책도 서너 권 사고, 집 가는 길에 김이 모락모락 피어나는 우동도 한 그릇 사 먹고, 뭉클한 밤하늘을 카메라에 담으며 하루를 알차게 보내면 되는 거야. 그러고선 따뜻한 물에 몸을 씻고 그간 참 많이 뒤척였던 잠도 푹 자자.

걱정하지 않아도 돼.
내일은 정말 아무 일도 없을 거래.
아무 일도 생기지 않을 거래.

## ( 실낱같은 희망 하나 )

예전에는 분명히 하고 싶은 것도 많았고, 그에 따른 용기나 확신에 부족함이 없었다. 굳이 애써 외면하지 않고서도 슬픔에 맞설 수 있는 배짱이 있었던 것 같은데, 이제 그것들만으로는 결코 이 세상을 내가 원하는 방향으로 흘러가게 할 수 없다는 진실을 너무 잘 알고 있다.

뜬소문처럼 커지는 불안함이 더는 무언가를 꿈꿀 수 없게끔 방해한다. 지금 내게 남은 사람들보다 훨씬 많은 사람이 별다른 이유도 없이 떠나가 버렸다는 사실에 너무도 속상하다.

그런데도 우리가 완전한 포기 없이
계속해서 살아갈 수 있는 이유는,
끝끝내 놓을 수 없었던

하늘색 기대 같은 것들이 있어서가 아닐까.

내일이라면 오늘보다 더 행복한 일이 거짓말처럼 내 앞에 나타날 거라는 희망. 이 아픔을 사이좋게 나눠 가진 채로 서로의 든든한 버팀목이 되어주는 사람들. 그 덕에 죽을 만큼 힘들더라도, 멋지 않는 눈물을 매일 쏟더라도, 실낱같은 희망 하나 입에 세게 물고서 익숙한 낮과 밤을 끈질기게 견뎌낼 수 있다.

누가 뭐래도 우린 아름다울 수밖에 없고,
사랑을,
그래, 멋진 사랑을 할 수도 있을 테니까.

## ( 아프지 말아야지 )

더 이상의 좋은 일은 기대도 하지 않으니,
지금 내가 가진 것들을 가차 없이 앗아가는
나쁜 일만이라도 생기지 않았으면 좋겠다.

새로운 행복이 내게로 오기를 기다리며
내내 저 먼발치의 풍경을 내다보는 일도,
이제는 헛된 꿈이라는 것을 잘 알고 있다.

어떻게 살아가면 좋을지
앞으로의 희망을 계획하는 것보다는,
지금 이 험난한 세상에서 어떤 방법으로
죽지 않고 살아남을지 고민하는 것이
조금 더 현실적인 삶이 되어버렸다.

'한때는 나도 멋진 꿈이 있었는데'라는,
쓸데없는 푸념을 내뱉는 것조차
사치가 되어버린 듯한 요즘.
그저 아직 이곳에 공기가 둥둥 떠다니고,
그것을 들이마셔 호흡할 허파가 있으니
어쩔 수 없이 살아가고 있다는 느낌이 짙다.

다른 사람들도 나와 별반 다를 것 없지 않을까.
저 아무 고민 없는 얼굴로 웃고 있는 사람도,
아무도 없는 곳에 혼자 남겨졌을 때는
나와 같은 얼굴로 같은 생각을 하지는 않을까.

그저 건강해야지.
부디 몸만이라도 아프지 말아야지.
내 소중한 가족들은 늘 행복했으면.
내가 사랑하는 이들은 자주 웃게 되었으면.

이런 사소한 바람이라도 주문처럼 외우지 않으면
당장이라도 내게 축축한 힘듦이 서릴 것만 같다.
부디 아프지 말고 건강해야지.

## ( 앞으로 갈 길이 조금은 멀어요 )

잘 좀 살아보려 아등바등 버티면서
아까운 시간 줄줄 흘려보내려니 너무 억울하지?

지금 이 삶이 네가 어릴 적 꿈꿔왔던 삶과
너무도 달라 미치도록 당황스러울 거 알아.
그간 어떻게 참아왔대?
그렇게나 속상한 일이 많으면서
사람들 앞에서는 줄곧 괜찮은 척만 하고.

아마도 네가 망가지고 있다고 해서
괜히 네가 좋아하는 사람들에게까지
그 깊은 힘듦을 묻히고 싶지 않았던 탓이겠지.

사실은 통화로나 직접 얼굴을 마주하고서
그 일그러진 마음들을 모두 털어놓으려다가도,
그렇게 하면 서럽게 울어버릴 것 같아서,
그런 모습을 타인에게 보이게 되면
나 자신이 정말 불쌍하고 안타까운 사연을 가진
사람이 될 것 같아서 망설였다는 것도 다 안다고.

내가 너보다 뭘 얼마나 많이 가졌다고
너에게 이런 말을 하겠느냐마는,
매사에 불안한 일상에서
잠깐이나마 벗어나기 위해서는
딱 한 뼘만 움직여봐도 괜찮지 않을까.

보이지도 않을 만큼 멀리 있는 행복을
억지로 숨 가쁘게 따라가다 몇 번이고 넘어지기보다는,
딱 한 발만 그 모진 일상으로부터 벗어나서
그간 잊고 살았던 아주 사소한 것들을 발견하는 거지.

그렇게 얻어낸 것을 손으로 만져도 보고,
입에 넣고 혀로 굴려 맛을 보기도 하고,

눈으로 실컷 보면서 주워 담기도 하면 되는 거야.

당연하면서도 뻔한 말이라고 생각하겠지만,
고개 돌려서 잠시만 주변을 훑어보면
내 행복을 책임져줄 것들이 꽤 많더라니까.

물론 이제는 우리가 젊다고 말하기엔
너무 멀리 와버리기도 했고,
아예 새로운 행복을 기적처럼 발견하기엔
너무 좁은 곳으로 기어들어 오기도 했어.

그래도 그동안 고생한 우리의 젊음에
수고했다고도 해주고,
쉼 없이 달려오느라 죽을 만큼 숨도 찰 테니
잠깐 앉아서 쉬라고도 해주는 건 어떨까?

그러니까 오늘은 다른 생각 말고
지나치게 부족한 잠이나 실컷 자고 일어나.
시간에 쫓기며 계속해서 발을 구르기엔
너도, 나도 지금은 많이 지쳐 있을 테니까.

## ( 시간이 지나면 괜찮을 테니까 )

무언가에 심히 고통받아 힘들 때면,
나는 늘 시간이 조금이라도 더 빨리 흐르기를
간절히 바라고 또 바라곤 한다.

사실, 이미 어떠한 어려움에 직면했을 때
그것 말고는 딱히 할 수 있는 일도 없거니와
정말이지 시간의 흐름만이 모든 것을
해결해준다는 사실을 이제는 알기 때문이다.

이보다 무책임한 말도 없다 여겼던
'시간이 다 해결해줄 거야'라는 말이,
이제는 어떤 위로나 조언보다도 믿음이 간다.

나를 세게 짓누르는 좌절감과 불안,
그리고 외로움으로 가득 찬 이 삶이
고작 시간의 흐름 한 줄기에 어느 정도
회복될 수 있다는 단순한 사실 하나가,

지칠 대로 지쳐
차가운 바닥에 늘어져 있는 나를
계속해서 살아갈 수 있게끔 한다.

마음에 새겨지는 생채기는
아무래도 익숙해질 기미가 보이지 않으니,
그것이 하루빨리 아물기를 바라는 것이
아픈 내가 할 수 있는 최선이 아닐까.

많이 그립지만 더는 볼 수 없는 사람 탓에,
하고자 하는 일이 생각처럼 잘 풀리지 않아서,
나의 타고난 성격이 오히려 나를 괴롭힐 때,

이런 상황과 순간들이 나를 할퀴어 올 때는
그냥 시간이 흐르기를 무작정 기다려보는 것도

아주 틀린 방법이 아닐지도 모른다.

정말 잠시뿐일 거라고.

금방 괜찮아질 거라고.

내 삶을 이루는 무언가가 아주 잠깐

뒤엉키거나 흔들렸을 뿐이라고.

지나고 보면 아무것도 아닌 일이 될 거라

굳게 믿으며 한 번만 더 살아보는 거다.

4부

# 사람을 곁에 둔다는 것

## ( 당신에게 드리우고야 말 고요함 )

아무리 한 시절을 사랑했던 사람인들,
이미 연이 다해 멀리 떨어져나간 관계를
다시 돌이키기 위해 혼자 애쓰지 말기를.

마음이 젖은 종이처럼 지저분히 찢겨가도,
그 사람을 다시금 부르고 싶은 욕심을
온 힘을 다해 참아내고 삼켜내기를.

시간이 날카롭게 흘러가며
선명하던 그 사람의 얼굴을 마구 할퀸대도,
그 사실 그대로를 인정하고 버텨내기를.

그러한 과정에서 그리움은 점점 옅어지고,

하루가 지날 때마다 빛을 잃은 마음은
조금씩 푸르른 생기를 되찾을 테니까.

자연의 섭리처럼 그 자리에
당연한 듯 생긴 흉터를 보고도
아무렇지 않게 넘길 수 있는 날이,
그런 날이 언젠가는 당신에게도 드리울 테니까.

더 많이, 더 커다랗게는 아니더라도,
좋은 사람과의 즐거운 일들이
당신에게도 반가운 장면처럼 찾아올 테니까.

고작 붉어진 하늘 하나에 위로받는
여린 마음으로 그 모진 아픔 이겨내느라
무척이나 고생 많았을 당신이니까,

모든 것이 저문 까만 밤하늘처럼
파편 하나 없이 그 사람 전부 잊어내고
마음 내내 고요해지는 날이 마침내 올 거예요.

## ( 내가 당신에게는 행운이기를 )

내가 그 사람 생의 다신 없을 행운이기를
바라는 건방진 마음.

아주 경솔한 생각이었다는 사실을 이제는 알고 있다. 나는 정말이지 아무것도 아니니까. 지나치게 외로워하는 것 말고는 딱히 잘하는 것도 없고. 그렇다면 그 사람이야말로 내 생의 다신 없을 기회인 것을. 내가 세게 잡아야만 하는 것은 그 어떤 것도 아닌 그 사람의 손이 아닌가. 그럼에도 다시 한 번 내가 그 사람 생에 연녹의 네 잎 클로버이기를 바라는 마음.

사람 하나를 지나치게 사랑하니
고민이랍시고 진종일 머릿속을 전전하는 생각들이 꽤 있다.

그 사람이 행복을 새로이 얻게 되는 것도 괜찮지만, 슬픔을 최대한 많이 덜어내는 편이 훨씬 좋은데. 그냥 안아주는 것만으로도 충분한 위로가 될 수 있을까. 아니, 애초부터 사랑에 '충분'이라는 단어를 써 붙인 게 실수일까.

온통 그 사람이 보고 싶은 마음으로 이렇듯 두서없는 글을 빚었다. 내가 조금만 더 멋진 사람이었다면 좋았으련만. 아주 조금만 더 사랑에 최적화된 사람이었다면 더는 바랄 것도 없었을 텐데.

어찌 됐든,
앞으로 내 삶에 오기로 예정된 것들 중
좋은 것은 죄다 그 사람에게로 가기를.

내 존재 자체가 행운이 되기에는 턱없이 부족하다면, 어떻게든 좋은 것들을 잔뜩 긁어모아 그 사람에게 한 톨도 빠짐없이 전부 건넬 수밖에.

## ( 구월에서야 첫 운을 뗀 연서 )

거뭇하게 젖은 의자에 홀로 앉아
힘차게 뻗은 나뭇가지와 이파리를 올려다보면서
나는 당신이 가진 날것의 심장을 생각했습니다

혹여나 그 부끄러운 마음
이곳으로 떨어뜨려주지는 않을까
나는 내내 맘 졸이며 두 손을 이리저리 뻗어댔습니다

적요한 하늘이 오는 가을을 알리고
빗물에 슬쩍 얹힌 능소화 내음이 지천으로 쏟아지니
나는 그것들과 한통속이 되어 설익은 사랑을 계획합니다

한 번의 바람에 우수수 떨어지는 가랑잎

저 심장이 이 심장으로 가득 옮겨붙는 기이한 현상
금방이라도 울 것 같은 얼굴을 뒤로하고서
나는 당신에게 전할 편지의 첫 운을 떼었습니다

이 화끈거림과 낯붉힘은 모두 당신의 탓이고
예년보다 일찍이 물든 단풍은 아무런 잘못이 없습니다

빗줄기가 점차 거세지고
그만큼의 사랑이 콧등에서 당차게도 짙어짐에
여러 번 휘청이고 한 번은 크게 쓰러질 듯하여
나는 서둘러 잘 아는 처마 밑을 찾았습니다

그제야 안심한 듯 두 눈이 감겼고
가을에는 두 눈을 모두 감아야만
선명히 들려오는 소리도 있습니다

이파리가 오래된 옷을 조금씩 갈아입는 소리와
땅바닥과 조금 더 멀어진 하늘이 우는 소리와
당신을 대신한 모든 어여쁜 것들이
내게 불어오는 소리입니다

그것들에서 얻어낸 가을을 모두 당신에게 줄 테니
당신은 맺힌 열매들을 따다가 마음껏 풍요로워지세요

사방이 온통 분홍과 귤빛의 영향권인 구월에
당신의 모서리마저 사랑하기 위한 것이라면
내 이 목숨 줄이며 운명이라 하는 것들을
전부 그곳에 걸겠습니다

## (　아무래도 헤어지는 건 정말 싫으니까　)

평생 함께할 것만 같던 사람과도
돌이킬 수 없게 멀어지는 때가 온다.

둘 중 하나의 큰 실수로 인한
감정적인 문제로 사이가 틀어지거나,

정말이지 이렇다 할 이유 없이도
서로에게서 시선을 돌리게 된다.

처음에는 내게 문제가 있는 걸까
내가 사회성이 결여된 탓일까
하며 자책하기 일쑤였다.

하지만 이제는 그게 아니라는 것을
확실하게 알고 있다.

내가 그 관계를 위해
어떠한 노력을 기울여도
떠날 사람은 미련조차 없이 떠나고,

내가 특별히 신경을 쏟지 않아도
곁에 머물러줄 사람은
그 마음이 아주 단단하다는 것을 말이다.

그래도 그 어떤 소원보다
간절히 바라는 것이 하나 있다면,
지금 내가 믿는 사람들과는
오래도록 함께하고 싶다는 것이다.

아무래도 헤어진다는 건
정말 싫으니까.

# ( 관계의 숲 )

나를 불편하게 만드는 사람은
이제 만나고 싶지 않다.
예전에는 무조건 많은 사람을 만나고
주변을 울창한 숲처럼 빽빽하게
채워넣는 것이 옳다고 생각했다.

하지만 관계의 숲이 지나치게 울창해진 탓에
나는 그 속에서 자주 길을 잃곤 했다.
그래서 이제 더는 무리하면서까지
무언가를 가득 채우려 하지 않고,
오히려 불필요한 것들을
정리하고자 노력하고 있다.

나무가 울창하지 않은
자그마한 숲에도
분명히 선명한 장점이 있을 테니까.

넓게 탁 트인 경관에서
생각지 못한 여유를 얻을 수도 있고,
신경 써야 할 것들이 줄어들어
곁에 남아 있는 몇몇 나무에
더욱 많은 애정을 쏟을 수도 있지 않나.

그러니 이제는 정말
편하고 소중한 사람들로만 이루어진
'나만의 소소한 숲'을 가꾸고 싶다.

서로 미워하는 마음이나
부정적인 기운이 전염되지 않는,
친절하고 정직한 눈빛이 오고 가는
따스한 숲속에서 충분히 행복하고 싶다.

## ( 나의 능력을 믿어주는 사람 )

나의 능력을 진정으로 믿어주고 그 꿈을 응원해주는 사람이 좋다. 반복되는 실패와 좌절에 나의 재능 자체를 의심하게 될 때도, 조건 없는 강한 신뢰를 보여주며 너는 할 수 있다고 주문처럼 말해주는 자상한 마음을 가진 사람이.

절대 헛된 희망이 아니라고,
이루지 못할 꿈 같은 건 없다고,
네가 하지 않으면 세상 그 누가 할 수 있겠냐고
당연하다는 듯 말해주는 사람 말이다.

계속되는 응원과 고마운 격려에도 습관적으로 무너지려고만 하는 나를, 그토록 바라던 길로 조용히 인도해주는, 다시 없을 소원처럼 간절한 사람. 그런 사람이 내가 가고자 하는 길 옆을

든든하게 지켜주기만 한다면, 나는 그 어떤 일이라도 해내고야 말 것 같다. 그리고 그렇게 닿게 된 꿈의 자락에서 그 고마운 사람과 함께 거닐고만 싶다.

덕분에 얻어낸 수많은 것들의 대부분을

그 사람에게 선물처럼 건네고 싶다.

# ( 인연이란 )

이제 와 생각해보면 별 볼 일 없는 이 삶에도
좋은 인연과 귀한 인연이 참 많이 들렀다.

죽어라 노력해서 힘들게 얻어낸 인연과
아무런 애도 쓰지 않았는데
저절로 찾아와준 고마운 인연까지.

그중에서는 갑작스레 쏟아지는 소낙비처럼
나를 흠뻑 적시고서 금세 사라져버린 이도 있고,
때가 되면 한 번의 예외도 없이
다음 차례로 넘어가 버리는 계절처럼
별다른 아픔을 주지 않고 멀어져버린 이도 있다.

그 당시에는 몹시도 아파했었고
커다란 원망을 몰래 품어도 봤지만,
이제는 그 모든 애틋한 존재들이
결국 나에게 귀한 인연이었다는 것을 알고 있다.

그 덕분에 적당한 계단을 밟고서
지금의 삶에 닿을 수 있었고,
현재 내 곁을 지켜주는 좋은 인연에
최선을 다하면서 살면 된다는 진리를
마음속 깊이 새겨넣을 수 있었다.

인연이란 꽤 자주 나를 엉엉 울게 만들고
아주 가끔 이 세상 떠나갈 듯이 웃게끔 하지만,
어느 하나 소중하지 않은 것이 없으니
단 한 번도 허투루 여겨서는 안 되는 것이다.

## ( 좋은 사람이 되는 방법 )

한때는 좋은 사람이 되고 싶어 어떻게 행동하고 말을 해야 그런 사람이 될 수 있을까, 고민하고 연습한 적이 있었다. 항상 생글생글 웃고, 부탁을 거절하지 않고, 듣기 좋은 말만 내뱉으며 바보처럼 지내보기도 했고, 내 몸 하나 건사하기도 힘들면서, 누군가의 작은 힘듦이 보일 때 내가 가진 것들을 흔쾌히 내어주며 타인의 짐을 덜컥 덜어주기도 했고, 누군가가 나에게 미워하는 사람의 마음에 들지 않는 점을 비난하면, 내가 딱히 그를 싫어하지 않더라도 맞장구를 쳐주며 함께 화를 내기도 했다.

하지만 내가 죽어라 애쓰고 그러한 억지 노력을 섞어가며 착한 사람인 척을 한다고 해도, 떠날 사람은 내 곁을 금세 비우고 나를 욕할 사람은 나의 행동 하나하나를 꼬집으며 등을 홱 돌려버리곤 했다.

오히려 나의 천성을 숨기지 않고 진심 어린 마음에서 우러나온 말과 행동을 불쑥 건넸을 때, 나와 조금 더 가까워지고자 먼저 손을 내밀어주는 이들이 하나둘씩 나타나고는 했다.

거짓이 묻은 선의와
내키지 않는 웃음과
영혼 없는 공감과
무리한 희생보단,

내가 '나'의 모습 그대로를
마음껏 표현하는 쪽이
훨씬 많은 이들의 환심을 살 수 있다.

그러니까 좋은 사람이라는 건, 늘 있는 그대로 꾸밈없이, 깨끗한 마음을 갖고 사는 사람이 아닐까.

## ( 우리 지금 만날까요 )

조금 외로운 것 같다는 느낌을 받는 순간이
요즘 들어 부쩍 늘었습니다.

분명 하늘은 쾌청하고 바람 좋은 날이
자주 이어지고 있음에도 불구하고,
마음 한 귀퉁이에 넓은 공허가 생겨
그곳에 쓸쓸함이 가득 들어앉은 이유는
저조차도 알 수 없는 노릇입니다.

그냥 못 본 채 지나가려 해봐도,
이 감정이 부리는 심술을 무시한다는 게
여간 어려운 일이 아닙니다.

이럴 때면 늘 보고 싶은 사람들이
내 의지와는 상관없이 들뜬 마음처럼
하나둘 떠오르기 마련입니다.

애써 설명할 필요도 없이 여러 가지 이유로
몸과 마음이 멀어져버린 사람들도 있지만,

간혹 이 게으른 마음만 잘 달랜다면
지금 당장에라도 얼굴을 마주하고서
밤을 새워가며 술을 마실 수도,
좋은 곳에서 그간 미뤄왔던 이야기꽃을
봄처럼 활짝 피울 수도 있는 사람들이 있습니다.

그러니 우리 이제 해가 막 저무는
저녁 시간 즈음에 잠깐 만날까요?
그 잠깐이 잔뜩 길어져도 아무렴 좋을 것 같아요.

외로움은 밤하늘만큼이나 짙어졌고,
편한 마음과 복장으로 당신을 반갑게 만나
나의 삶을 조용히 건네고 싶은 지금입니다.

## ( 문득 울고 싶은 날 )

문득 울고 싶은 날이었다.

사실 울고 싶었다기보다는, 울컥하는 순간이 종일 쉬지 않고 나를 세게 간지럽혔다. 왜, 그런 적이 다들 있지 않나. 딱히 죽을 만큼 힘든 일도, 그렇다고 발을 동동 구를 만큼 기쁜 일도 없는데, 양쪽 어금니 안쪽이 지나치게 시큼해지고, 심장 가장 깊숙한 곳에서부터 알 수 없는 울렁거림이 넓게 퍼져오는 순간. 괜스레 걷던 걸음을 멈추고서 높은 하늘과 녹음이 짙은 풍경으로 황급히 시선을 옮기게 되는.

아무튼 정말 별 볼 일 없었던 그날의 내 모습 중 팔 할은 금방이라도 울 것 같은 모습뿐이었다.

아플 만큼 아팠다 생각했지만,

여전히 수많은 것들이 내게는 많이 버거울 수 있음을
자각한 날이었다.

괘청한 하늘이 무척이나 얄미웠으며, 분명 좋은 마음으로 내게 말을 걸었을 이들에게 괜한 핀잔을 줬다. 혼자이길 간절히 원하면서도, 내게 등 돌릴 기미를 보이는 이들의 바짓가랑이라도 잡고서 버티고 싶었다. 이 세계를 통틀어 내 헝클어진 마음을 자세히 보려 하는 이는 단 한 명도 없을 것만 같았다. 너무 무서워서 이불을 머리끝까지 끌어 올려봐도, 속에서부터 삐져나오는 두려움을 멎게 하기에는 역부족이었다.

잠깐 쉬라는 말을 듣고 싶었던가.
아마도 그랬던 것 같다.
누구라도 좋으니 내게 자상한 미소를 보이며,
'우리 조금만 쉬었다 갈까?
네가 원한다면 더 길게 쉬어도 좋아'
라고 말해줬으면 했다.

가끔은 이런 내 모습이 너무 우스워 참을 수 없을 때도 있다. 어떤 누구도 나에게 멈추지 말고 나아가라는 슬픈 말을 던진 적

없는데, 혼자서 형체도 없는 그 말을 덥석 집어 물고 미친 듯이 달려가고 있는 꼴이니 말이다. 정말이다. 아무도 나에게 이 힘든 삶을 택하도록 강요한 적도, 쉽게 포기하면 안 된다는 부담을 준 적도 없다. 단지 내가, 그러니까 나 자신이 좀처럼 나를 자유롭도록 내버려두지 않았던 거다.

'아무 걱정 없이 뛰놀았던 때로 돌아가게 해주세요'라는 기도가 얼마나 치기 어린 투정인지 알고 있다. 절대 불가능한 일이기도 하거니와 거울에 어쩌다 비친 내 위태로운 모습에 대한 대책 없는 반항과도 같으니까. 이런 의미 없는 바람에 시간을 허비하느니, 무겁고 꽉 막힌 나를 매정하게 버리는 일에 몰두하는 쪽이 백번 옳을 것이다.

사람이 보고 싶다. 물론 대부분의 날을 많은 사람 사이에 섞여 생활하고는 있지만, 오늘은 정말 좋은 사람과 시간을 보내고 싶다고 생각했다. 특별한 일 없이도 특별한 무언가를 한 것 같다는 착각에 빠질 수 있는 만남을 갖고 싶다. 얼굴을 마주한 것만으로도 세상의 웬만한 악은 전부 이겨낼 수 있다는 자신감이 샘솟게 하는 사람이 보고 싶다.

어떠한 형태이건 위로이기만 하다면 다 괜찮다는 헤픈 마음처럼 보일지도 모르겠다. 하지만 실제로 누군가가 그런 시선으로 나를 보고 있다면, 반은 맞고 반은 틀렸다고 분명히 말해주고 싶다. 위로이기만 하다면 무조건 좋을 것 같다는 마음인 건 맞지만, 어떤 형태라도 전부 환영한다는 마음은 애초에 가져본 적이 없다.

아무리 보기 흉하게 망가진 몸과 마음이라지만, 진심과 겉핥기를 구분하지 못할 정도는 아니기에. 내게 진심을 잔뜩 섞어 해맑은 응원을 건네는 사람에게는, 나 또한 없는 힘이라도 전부 긁어모아 크게 한 숟가락 퍼담아주고 싶은 거다.

문득 울고 싶은 날들이 차곡차곡 쌓여
고단한 오늘을 이뤘지만,
그만큼 앞으로 살아가는 데 있어서
큰 도움이 될 깨달음도 한가득 얻어냈다.

충분히 강해졌다 자신하더라도 고된 힘듦은 틈틈이 나를 찾아올 것이고, 나를 떠나고자 마음 굳힌 사람은 굳이 애써서 잡아둘 필요가 없으며, 혼자서도 뭐든 할 수 있을 거라는 생각은 찰나의 착각에 불과하다는 것.

그리고 나의 길고 긴 여정에
잠깐의 쉼표를 찍는 것은,
내가 가진 가장 선명하고도 당연한 권리라는 것.

그중에서도 가장 중요히 여겨야만 하는 사실은, 좋은 사람이 저절로 내게 오기만을 기다리는 것만큼 어리석은 일은 없다는 것이다. 가끔은 내가 먼저 좋은 마음을 온몸에 두르고 누군가의 위로가 되어주기도 해야 한다.

우리는 누구라고 할 것 없이 모두 이렇게 살아가야 한다. 버텨낸다는 생각을 도무지 떨칠 수 없더라도, 우리는 이렇듯 겸손한 자세로 평생을 살아내야 한다.

## ( 비 오는 봄은 꼭 여름 같아서 )

비가 억수같이 쏟아지는 봄은 꼭 여름 같다. 온 세상이 우울처럼 눅눅해지고, 적당히 몸을 숨기고 있던 녹음이 차차 짙어진다. 비가 많이 오는 날이면 나는 늘 야외로 나가서 넓은 천장이 있는 곳을 찾는다. 이 글을 쓰고 있는 지금도 그렇다. 아파트 단지 내에서 입주민들이 흡연할 수 있도록 만들어놓은 비닐 천막 밑에 들어앉아 있다.

비가 수도 없이 무언가에 부딪히는 소리를 듣고 있으면,
따로 근사한 음악을 준비할 필요도 없다.
이 비가 그치지 않기를 내심 바라며
먼 곳을 응시하는 것만으로도
충분한 위로가 되는 듯하다.

피부에 맞닿는 공기가 퍽 차가웁대도 괜찮다. 하루쯤 열병을 앓아눕는 정도의 작은 대가로, 이다지도 무한할 것만 같은 평안을 얻을 수 있다면 크게 손해 보는 장사도 아니지 않은가.

이제는 어디론가 가고 없는 나의 옛 친구가 이런 말을 한 적이 있다. 비를 좋아하는 사람들이 안쓰러워 견딜 수가 없다고. 하고 많은 것 중에 비를 사랑하게 된 사람들은 손 쓸 수 없는 아픔을 양껏 가진 거라고. 그래서 유독 비 오는 날을 좋아했던 그 친구는, 정말이지 내가 손 쓸 틈조차 주지 않고서 세상을 등졌다. 그런 그가 평소 귀에 딱지가 앉도록 말하던 반려견을 따라 허겁지겁 무지개다리를 건너, 작고 예쁜 생명체들의 영혼이 모여 사는 곳으로 갔다고 생각하면, 조각 하나를 잃은 퍼즐처럼 불완전하던 이 마음이 조금은 평평해지는 것 같기도 하다.

인적이 드물고 온통 비로 덮인 곳에 혼자 춥게 앉아 글을 쓰고 있는 나를 그 친구가 저 먼 곳에서 보고 있다면, 너는 뭐든 표현하고 싶어 하는 사람이니 언젠간 글을 쓰게 될 거라고 말하던 네가 지금의 나를 보고 있다면, 만약 그 사실을 우둔한 내가 알아차릴 수 있다면, 나는 퍽 슬퍼져 당장이라도 커다란 울음을 터뜨릴 것 같다.

나는 정말이지 비 오는 날을 병적으로 좋아한다. 우산 하나 준비하지 않고 그 속으로 뛰어드는 것을 좋아한다. 눈을 뜰 수 없을 만큼 젖어버린대도 개의치 않는다. 딱히 당장에 봐야만 하는 게 없는 삶이기도 하거니와 비가 잔뜩 내리는 순간이면 그 외에 보고 싶은 것들이 하나도 생각나지 않는 까닭이다.

그러니 너는 그곳에서도
계속 이런 나를 안쓰러워하며 못 견뎌해라.
꼭 여름인 것만 같은 봄이지만,
이런 봄에도 내가 살아야만 하는 이유가 있다.

나는 용케도 죽지 않고 살아낼 테니, 너는 이제 마음 편히 눈 감으라. 네가 그토록 그리던 작고 예쁜 아이와 마음껏 행복해하며 지내라.

오늘은 수억의 울음소리를 무력하게 만드는 비가 온다.

## ( 팔월의 제주 )

뜨겁고 다정했던 팔월의 제주. 그 기분 좋은 후덥지근함 덕에 아무 거리낌 없이 벌거벗을 수 있었던 걸까. 더불어 속 깊숙이 묻어뒀던 그늘을 그곳에 모두 풀어놓고 왔다. 지금보다 더 먼 여름에 꼭 다시 만나러 가야지. 한층 밝아진 얼굴을 하고서. 반가운 별을 잔뜩 몰고 찾아가야지.

이 계절과 조금도 어긋나지 않는 자연을 마주하며
반사적으로 사색하고, 그 공간과 장면이 내게 주는 선물을
감사한 마음으로 주워 담았다.

달리는 차 바깥으로 쉼 없이 이어지는 초록을, 티 나게 숨은 어린아이처럼 하얗게 피어난 백합을, 푸른 잔디밭을 사이좋게 뛰노는 누렁이 두 마리를, 고개를 들고 두리번두리번하다가 발

견한 구름들과 그곳에 윙윙 빗금을 쳐대는 잠자리를, 까치발을 들어도 한눈에 다 담을 수 없는 드넓은 귤밭을, 내게 겸손함을 심어주는 거대한 바위산을, 철썩철썩 파도 소리를 품고 흐르는 파란 바다를, 까만 바위 사이사이를 호령하는 당당한 꽃게를, 열심히 익어가는 사람들을 품고 하루와 함께 노란색으로 깊어지는 해변을, 담벼락과 아주 절친한 사이를 자랑하는 능소화를, 바람 따라 이리저리 흔들리는 들판을, 그 위로 보란 듯이 쏟아지는 소나기를, 좋은 이들의 기분 좋은 웃음소리와 그들의 웃음을 바라보며 덩달아 행복해하는 나를 한 줌도 놓치지 않고 전부 담아왔다.

이렇듯 나를 커다란 폭으로 진동케 하는 것은
늘 원시적인 깨달음.
자연이 알려주는 활짝 열린 마음.

무언가 외롭고 벅차다면 언제나 달가운 머무름으로 변함없이 반겨주는 자연을 찾아야지. 그들은 나를 한 번도 미워한 적 없었으니까. 자연과 더불어 살아가기 위해서는 그리 많은 준비가 필요하지 않을 테니까.

문득 그동안 나를 떠난 이들의 얼굴이 하나씩 빠르게 뇌리를 스쳤고, 나는 그들에게 이유를 묻고 싶은 마음을 꿀꺽 삼켰다. 아무렴 괜찮았던 팔월의 제주, 여름. 아름다운 것들이 이렇게 실재한다는 사실을 두 눈으로 목격했으니, 더는 이 삶과 이 세상을 의심하지 말아야겠다. 나 이토록 아름다운 세상을 살아가고 있었다고. 그리 자부하며 너무 많이 울지 않고 계속 달려나가야지.

겨울의 제주와 다음번 여름의 제주가
벌써 그리워진다.

## ( 나는 팔월보다는 키가 조금 작은 어린 여름입니다 )

누나, 여긴 칠월의
팔월보다는 키가 조금 작은 어린 여름이에요

담벼락에 맺힌 능소화 봉우리를 홀짝 마시고
해가 질 때쯤의 하늘을 검지로 문지르다 보면
언젠가는 손바닥에 설익은 능소화가 노을빛으로 활짝 필까요
다 자라지 못한 마음과는 매번 친해지고 싶습니다
이참에 담벼락의 덩굴이 되어볼까도 싶거든요

어딜 가던 그때처럼 울창해지세요

달리기 시합에서는 아무도 나를 이기지 못해요
특출난 발을 두 개나 가지고 있거든요

특히 사랑을 할 때 앞서가는 건 훨씬 쉬워요
그러다 보니 이제는 누나가 보이지 않네요

안타깝게도 뒤로 걷는 법은 배우지 못했어요

빈방의 바깥으로 가득 찬 하늘을 내다보자면
사랑했던 이름들이 쪽배처럼 둥둥 떠다녀요
그래서인지 하늘 좋은 날이 잦은 건가 봐요
부르고 싶은 이름들은 아직도 나를 웃게 하거든요
태풍이 이곳으로 불어오지 않기를 바라요
그 이름들이 다치지 않고 아주 오래도록
칭찬보다 기쁘게 불렸으면 좋겠거든요

지금 여긴 비가 너무 쏟아져 넘쳐버렸어요
이전에 우리가 나눠 가진 양보다도 많으니
거긴 진종일 맑은 날만 계속될 거예요

나도 언젠가는 누나처럼 바짝 마를 수 있어요?

누나 손에 깍지 끼는 상상 몇 번에 어느덧 밤이네요

별잎 무성한 달을 올려다보고 있으면
이만큼 내가 안겨있는 것 같아요
쏟아질 듯한 것들은 모조리 피하고 말 거예요

나는 칠월의
팔월보다는 키가 조금 작은 어린 여름입니다
여기선 누나가 보이지 않아서 정말 다행이지만
여전히 너무 쏟아지는 비에 흠뻑 젖는 중이에요

무지개가 구름 뒤에 숨어 차례를 기다립니다
별안간 내리쬐는 불볕 아래 젖은 머리를 세차게 털면
누나 이름이 빨주노초파남보 예쁘게도 드리워요

누나,
이름 말고도 기억하는 게 아주 많아요
누나도 내 이름 잊지 않으셨죠
이렇게 말해줬던 것도 잊지 않으셨죠

"우린 이제 각자의 팔월이 되어야만 해."

## ( 좋은 친구들 )

마음을 유연하게 나눌 수 있는
친구들이 곁에 있다는 건
그 어떤 격려보다도 큰 위로가 된다.

오늘만큼은 정말 혼자이고 싶지 않은 날,
갑작스러운 연락 몇 통에도
가벼운 차림으로 동네에서 불쑥 만나
술 한 잔 마실 수 있는 사람.

그날 있었던 서로의 일상을 나누고,
대화가 점점 깊어질수록
각자의 고충과 슬픔을 주고받으며
거리낌 없이 마음의 짐을 덜 수 있는 사람.

매번 가는 지겨운 술집에서
특별할 것 없는 일상을 공유하면서도,
또 매번 새로운 기쁨을 함께하고
다른 눈물을 함께 흘릴 수 있는 친구들.

이렇게나 완벽한 위로를
아주 가까운 곳에 두고서도,
나는 늘 애먼 곳을 헤집으며
적당한 위로를 찾으려 애써왔다.

지친 몸을 마음껏 기댈 수 있고,
모든 걱정을 잠시나마 잊을 수 있고,
잃은 줄만 알았던 웃음을 되찾을 수도 있는
좋은 사람들을 바로 곁에 두고서도 말이다.

나도 이제부터라도
그들의 귀중한 마음과
우리 사이의 튼튼한 인연을
마음 깊이 품을 수 있도록 애써야겠다.
부디 지금 내가 믿는 친구들과는

오래도록 같이 나아갈 수 있도록.

앞으로도 언제든 내킬 때 만나서

서로의 짐을 기꺼이 덜어줄 수 있도록.

언제까지고 철없던 그 시절의 모습처럼

다투기도 하고 실없이 웃어대기도 하면서,

그렇게 서로의 곁을 빼곡히 채워줬으면 좋겠다.

이 가파른 세상의 낭떠러지에서

늘 서로의 잡을 수 있는 지푸라기가 될 수 있기를.

계속 살아가게끔 하는 원동력이 되어줄 수 있기를.

우리는 잔뜩 늙어서도 웃으며 보자. 꼭.

## ( 쓸데없는 불안 )

누군가 나를 떠나버리지 않을까,
쓸데없는 불안감에 삼켜질 때가 있지.

하루 종일 애만 태워도
그 흔한 확신 하나 찾아내지 못해
스스로 외로움 속에 숨어버리잖아.

정작 그 사람은
나를 떠날 생각이 추호도 없는데,
나 혼자서만 발을 동동 구르는 거야.

말투에 냉기가 조금 돈다는 이유로,
평소보다 연락이 잘되지 않는다는 이유로,

단지 내 느낌이 좋지 않다는 흔한 이유만으로

'이 사람이 내게 싫증을 내고 있구나' 하는,
약한 생각에 불안과 서운함을 섞어버리는 거지.
괜찮아. 나조차도 그럴 때가 있었으니까.
여전히 그런 힘듦 속에서 버텨내는 중이기도 하고.

그간 너무 많은 사람이
우리에게 깊숙이 파고들었다가
별다른 말도 없이 떠나고는 했었잖아.

그 과정에서 가슴께에 난 깊은 생채기가
아직도 우리를 따끔거리게 만들기도 해.
그러니까 당연히 트라우마 같은 게,
두려움과 서운함이 생길 수밖에.

그래도 우리 앞으로는 아무 걱정도 말자.
나를 떠날 거라면 어디 한번 그래보라지 뭐.
결국 마지막까지 곁에 남아 있을 사람이라면
내 검은 불안 따위 금방 해치워줄 테니까.

## ( 실수와 고의 )

관계에 있어서 상대방과의 약속을 한 번 어기는 것은 '실수'라는 이름으로 포용될 수 있지만, 같은 약속을 여러 번 어기는 행동은 결코 용납될 수 없는 일이다. 그것은 배신 혹은 고의라 불리며, 수많은 관계가 그로 인한 불신으로 깨어지게 되는 것이다.

## ( 눅눅한 마음 )

나에게는 사람들이 절대 발견하지 못할
눅눅하고 그늘진 마음이 하나 있다.

그곳에는 들키고 싶지 않은 나만의 비밀이 있고,
타인의 입맛에 맞춰 내내 웃음 짓느라
빛을 자주 보지 못하는
나의 우울한 얼굴도 함께 살고 있다.

착하고 말 잘 듣는 사람만을 원하고,
약점을 보이는 그 순간 곧바로 망가지게 되는
이 약육강식의 세계에서,
나의 이 우울한 얼굴과 그늘진 마음은
결코 들켜서는 안 될 치부가 되어버렸다.

사람마다 한 움큼씩은 필히 지니고 있을 이 슬픔이
도대체 왜 꽁꽁 숨겨놓아야만 하는
못난 감정이 되어버린 걸까.

아니라고 믿고 싶지만, 나의 어두운 면을 보고서
서서히 나를 멀리하는 이들을
너무도 많이 목격해버렸다.

그럴 때면 나는 더 슬픈 노래를 듣고
일부러 더 무거운 분위기의 영화를 보며,
그렇게 나 자신을 계속 칠흑 속으로 밀어넣었다.

언젠가는 이런 나에게도
모두 괜찮다며 손을 내밀어주는 사람이,
구원처럼 고마운 사람이 나타나지 않을까.

그런 사람이 나타나 주기만 한다면,
나 또한 최선을 다해
그 관계를 지키기 위해 노력할 것만 같다.

## ( 거리 두기 )

거리 두기를 실천하는 일이
나에게만큼은 생각처럼
그리 쉽지가 않다.

워낙에 사람을 좋아하고
쉽게 정을 떼지 못하는 성격을
천성으로 타고난 탓에,

내가 지속적으로 적지 않게 피해를 보는
부적절한 관계에서조차도
맺고 끊음에 냉정하지 못하기 일쑤다.

이런 내 모습에 큰 답답함을 느낀 지인들은

날카로운 어투로
나에게 이런 말을 건네고는 한다.

아무리 사람이 좋고 정이 많다고 한들
멀리해야 할 경우는 구분할 줄 알아야 한다.
잘못된 관계에서 나온 슬픔이나 아픔은
죄다 네 몫이 되어 너를 무너뜨리고 말 거다.

물론,
나라고 해서 그 당연한 사실을
아주 모르고 있는 건 절대 아니다.

나 또한 상대의 잘못 때문에 뒤틀린 사이임에도,
내가 오히려 그 관계를 지키지 못했다는
쓸데없는 죄책감에 시달리는 것에
크나큰 억울함을 느꼈던 적이 많다.

하지만 어쩌겠나.
앞서 말했듯 내 천성이 그러하고,
나는 여전히 내가 좋아하는 사람에게

해줄 수 있는 대부분의 것을 건네고 싶은데.

나를 진심으로 걱정해주는 지인들의 말처럼
내 편인 사람과 아닌 사람을 구분하여
적당히 거리를 두는 연습을
게을리하지는 않을 테지만,

내가 아끼는 사람에게
스스럼없이 한 발 더 다가가고자 하는
이 다정한 천성을 지키는 일에도
결코 소홀해지지 않을 나라는 걸 알고 있다.

## ( 내 속으로부터 얻어낸 행복 )

자존감이 지나치게 낮은 탓에

마음이 다치는 일이 허다하다.

남에게 힘듦을 잘 털어놓지 못해서

그 상처가 속에서 곪기 일쑤이며,

그렇다고

기쁨을 당당하게 표현하는 것도 아니라서

제때 얻어내야 할 행복을 놓치기도 한다.

누군가와 사랑을 나눌 때도 역시,

나를 지나치게 낮춰버리는 탓에

건강한 연애를 이어가기가 버거워진다.

결국엔 이 모든 것들이 나의 존엄성을
타인의 인정으로만 지키려는
심각한 오류에서 비롯되었다는 것을 안다.

이렇듯 무수한 부정들 속에서
어떻게 나를 다시 우뚝 세울 수 있을까,
수백 번 고민 끝에 얻은 해답은 단 하나.

나 자신을 무참히도 업신여겼던
지난날의 나에게 사과를 받아내고,
현재의 나를 있는 그대로 봐줌으로써
그 가치의 소중함을 스스로 깨닫는 것.
내 행복의 성취도를 절대로
타인에 의해서 높이려 하지 않을 것.

다시는 잊지 않기로 했다.
내 속으로부터 얻어낸 행복 하나가
타인에게서 얻어낸 인정과 칭찬
수백 수천 개보다 훨씬 위대하다는 사실을.

# ( 당당한 악당 )

참다 참다 도저히 이건 아니다 싶어
화를 냈음에도 불구하고,
사람들은 내가 틈만 나면 화를 낸다고 생각한다.

더불어 "이게 그렇게까지 화낼 일인가?"
라는 말 같지도 않은 소리를 섞어가며
그렇게 아주 이상한 사람으로 몰아간다.

마치 화내는 방법을 아예 잊은 듯이
지금껏 꾸역꾸역 잘 버텨왔던 내가,
이런 내가 얼굴을 잔뜩 붉히면서까지
화를 내야만 했던 원인인
그 자신의 잘못은 안중에도 없는 듯한 태도.

백날 웃는 얼굴로 친절을 베풀어도
욱하는 얼굴 한 번에 모든 것이 무너져내리는
이 불완전한 시스템이 아무래도 억울하다.

이토록 제멋대로인 사람들과 모난 말들 사이에서
내가 더 망가지지 않고 살아남을 방법은
어쩌면 단 하나뿐일지도 모른다.

그들이 만들지 못해 안달인 그 악역을
내가 흔쾌히 맡아서 해버리는 것.

나에게 상처 주는 말과 행동을 하는 이에게는
망설이지 않고 귀청이 떨어질 만큼
커다란 고함을 질러주겠다는 다짐.
착한 아이 콤플렉스 따위 가뿐하게 이겨내고,
지긋지긋한 이기주의자들에게
무척이나 통쾌한 복수를 하겠다는 굳은 의지.

기꺼이 '지금 보니 나쁜 놈'이 되어줄 테니,
나를 화나게 할 테면 언제든 해보라지.

## ( 서로를 필요로 하는 관계 )

내가 무척이나 필요로 하는 사람이
나를 애정 어린 시선으로 바라봐주는 것만큼
황홀에 가까이 닿아 있는 일도 없다.

속상했던 하루를 털어놓을 곳을 찾기 위해
이리저리 두리번거리고 있을 때,
약속이라도 한 것처럼 먼저 전화를 걸어오는 사람.

보고 싶다는 마음이 샘솟을 때,
귀신같이 알아채서는 나를 만나러 와주는 사람.

내가 그 사람을 생각하는 빈도만큼
그 사람의 하루에도 나라는 존재가

셀 수도 없을 정도로 많이 들어앉아 있는 일.

나는 아무래도 이 사람 없이는
그 어떠한 일도 해낼 수 없을 것 같다는 생각을
무의식적으로 하는 와중에,

"나는 정말이지 네가 너무 필요해"
라고 말해주는 사람이 있다는 건
행복에 또 한 번의 행복을 얹은 기분일 것이다.

나의 얼굴을 자주 보고 싶어 하는 사람과
나의 목소리 한 줌에 활짝 웃기도 하는 사람.

이런 사람과 함께 흘려보내는 시간에는,
어쩌면 결코 형용할 수 없는 소중한 무언가가
잔뜩 섞여 헤엄치고 있을지도 모르는 일이다.

## ( 지난날 )

어머니가 거실에 걸려 있는 지난 시월의 달력을 주욱 찢어 가신다. 벌써 십일월이구나. 시간 참 빠르기도 하다. 그나저나 어머니는 저 쓸모 없어진 지난 시간으로 무얼 하시려나.

남편과 자식들 먹일 생선을 굽는 프라이팬 위에 살포시 덮어 두신다. 기름이 튀지 않게 하기 위함이란다.

지난날도 때로는 쓸모가 있다.

5부

# 당신이 마지막에 내게 건넨 말

## ( 되돌리고 싶은 애정의 순간 )

누구에게나 한 번쯤은 다시 되돌리고 싶은 애정의 순간이 있다. 왠지 모르게 지난번과는 다른 사랑을 이어갈 수 있을 것만 같은 자신감이 일렁일 때가. 죽어도 돌아갈 수 없어서 더 멋대로 상상할 수 있는 순간. 시간의 흐름은 언제나 깊게 팬 생채기를 완벽에 가까울 정도로 아물게끔 한다.

지난 사랑의 아픈 이야기가 이 커다란 지구에서 오직 단둘만 아는 비밀이라 생각하면 문득 애틋해진다. 자주 찬란했으며 고개를 돌리는 곳마다 풍성한 애정이 떠다녔고, 때때로 각진 말들을 삼켜 속이 쓰라렸던 그 이야기들. 시간이 아무리 흐른대도 내가 그 사건들을 속속들이 기억하고 있듯이, 그 사람 또한 길을 걷거나 밥을 먹다가 불현듯 우리의 삶이 한 줌씩 겹쳐졌던 찰나를 떠올리곤 할 거라 생각하면 퍽 아련해진다.

멀어질 듯 좀처럼 멀어지지 않던 날들도 어느덧 재작년에 쏟아졌던 소낙비처럼 흔적도 없이 말라버렸고, 나를 유심히 바라보던 그 사람의 젖은 눈동자도 이제는 선명히 그려낼 방도가 없다. 잊으려야 잊을 수 없다 여겼던 것들이 그 끝을 기점으로 조금씩 잊히기 시작했고, 머지않아 수명을 다한 별처럼 기록에서조차 사라지게 될 것을 알고 있다.

어차피 모두 소멸해버리고 말 행복과 아픔인 줄 진작 알았더라면, 나는 그때 조금 더 저돌적이고 진득한 사랑을 할 수 있는 사람이었을까. 이제 와 뒤적거려봤자 손끝만 아려오는 미련일 테고, 어떤 방법을 쓴다고 한들 어차피 헤어졌을 우리였겠지만.

삶이 너무 버겁고 더는 지칠 몸과 마음도 남지 않은 듯한 기분이 들 때면, 나는 늘 지난 사랑을 애써 떠올리려 하는 편이다. 그렇게 곳곳에 숨어 있는 시간을 한 조각씩 찾아내어 끈적이는 어떤 것들로 퍼즐처럼 제자리에 맞춰 넣다 보면, 참 그것만으로도 계속 살아갈 힘을 얻곤 하는 거다.

한때는 나도 누군가의 사랑이었으며 위로였고,
한 생명의 온갖 진심을 온몸에 두르고 다녔다는

사실만으로도 이 세상이 절반은 아름다워진다.

비록 우리는 무작정 사랑했고 그 탓에 이렇다 할 준비도 못 한 채로 헤어졌지만, 찢어질 듯한 고통 뒤에 숨어 잘 보이지 않는 낯가림 심한 오랜 사랑을 잊지 말아줬으면 좋겠다. 그 사람 역시 숨이 턱 끝까지 차오를 만큼 지쳐 앉아 쉬고 있을 때, 그 앞의 나무와 나비와 낙엽과 구름과 바람과 햇빛 중 아무것에다 시선을 고정한 채로 우리의 시절을 회상해줬으면 한다. 그리하여 자그마한 위로라도 수확하기를. 살굿빛 위로 알갱이 하나 꿀꺽 삼키고서 나처럼 꿋꿋하게 살아내기를.

어느새 입가에 드리우는 옅은 미소, 그리 뜨겁지도 차갑지도 않은 겨울 별 아래 펄럭이며 비행하는 늙은 이파리들, 홀로 산책하는 사람과 색이 하나도 변하지 않은 사철나무, 이름을 채 묻기도 전에 몸을 숨기는 노을과 저 멀리서부터 천천히 다가오는 풍성한 달이, 같은 곳에 있던 하나의 사랑으로부터 아주 느리게 멀어지는 순간.

이토록 낭만적인 우리가 이 겨울의 초입에는 있다.

# ( 궁금증의 결여 )

관계에 흠집 하나 없던 연인들이
순식간에 이별하게 되는 이유는 늘,
서로에 대한 궁금증의 결여와
원인 모를 야속한 권태 때문이다.

그 이유를 조금만 더
깊숙하게 파고들어 나열하고 보면
사실은 정말 아무것도 아니지만
사랑을 유지하는 데는 꼭 필요하고,

이제 와 뒤늦게 되돌리려 해봤자
모양만 잔뜩 우스워질 뿐인 것들로 가득하다.

시간이 아주 조금만 흘러도
다른 누군가가 묻는 이별의 이유에
대답조차 못 할 만큼 사소한 것들.

그만큼 애지중지 아끼던 사랑을
끝까지 지켜내는 방법 또한
너무나도 간단하다.

연애를 이어가다 보면
조금씩 마음에서 옅어질 수밖에 없는
연락의 중요성을 다시금 깨닫고,
이 사람을 처음 만났을 때의 마음가짐
그 절반만이라도 되새기고서 행동하는 것.

자칫 귀찮게 여겨질 수 있는
작고 작은 습관과 노력들이 모여,
결코 잃고 싶지 않은 사랑과 사람을
거뜬히 지킬 수 있는 묵직한 마음이 된다.

## ( 아픔을 씻어낼 때 )

너와 엮인 모든 인연의 실을 놓치지 않으려
내내 애쓰고 속앓이하지 않아도 괜찮아.

맺은 관계를 전부 영원히 지키려고 하는 건,
어쩌면 불가능에 더 가까운 지나친 욕심이야.

너를 떠나기 위해 반대 방향으로 가려는 인연을
너무 팽팽히 당기다 그 실이 툭 끊어져 버린다면
끊긴 그대로 계속해서 네 갈 길을 가면 되는 일이고.

날카로운 모습으로 그 심장 같은 여린 손에
계속해서 깊은 생채기를 내는 인연은
하루빨리 네가 먼저 놓아버려야만 해.

너를 힘들게 하고 지치게 하는 인연들을
모두 손에서 편하게 놓아주고 난 후에,

네가 감당할 수 있을 정도의 사람과
오래도록 쥐고 있어도 버겁지 않을 사람만을
네 삶에 남겨두고서 함께 행복하면 되는 거야.

허물이 없는 벗 딱 한 명만 있다면
그보다 성공한 인생도 없을 거라는
여기저기 떠도는 흔한 말에는
정말로 틀린 것이 하나도 없어.

힘들면 과감히 놓아버리고,
좋으면 냉큼 가져버리는 것.

그간 너와 맞지 않는 사람에게 받았던
무수한 상처와 늘 견뎌야만 했던 아픔,
이제는 천천히 씻어낼 때가 되었어.

## ( 기억 )

기억은 절대 그 모습 그대로
영원히 살아 있지 않는다.

추억으로 화려하게 사라지거나,
악몽으로 처절하게 죽어가거나.

## ( 네가 하얗게 변하는 날 )

애써 떠올리지 않으려 노력하다 보면
네가 이 기억에서 하얗게 변해
지워지는 날이 오게 될까.

이따금 완벽한 선명도로
내 앞에서 약 올리듯 날아다니는
너의 이름 석 자에 개의치 않는 날이,

문득 들려오는 너의 소식을
가벼운 웃음으로 받아칠 수 있는 날이
이런 나에게도 당연한 듯 드리울까.

어찌해도 너는 나에게 있어서

쉽사리 잊히지 않는 사람이라,
아직까지는 우리라는 짧은 발음 아래
도무지 태연해질 수가 없는 거야.

네가 다른 사람과
행복하게 잘 사는 모습에
너무 쉽게 무너져내리다가도,

못 이기는 척 너의
오랜 행복을 빌어주게 되는
이 모순적인 마음 또한
언젠가는 자취를 감추게 될까.

나 혼자서만 하는,
이 부질없고 부끄러운 노력이
언젠가는 나를 너의 지대한 영향 바깥으로
완전히 구출해주리라 굳게 믿어야지.

내가 그러한 날에 닿기 전까지는
부디 네가 나와 별다를 것 없는 삶을

하루하루 살아갔으면 좋겠어.

나보다 더 잘 살지도 말고,
나보다 더 못 살지도 않기를.
정말 나의 작은 소망 그대로
딱 지금의 나처럼만 지냈으면 해.

열렬히 사랑했던 것만큼
지금의 이 이별도 뜨겁게 슬퍼하다
덤덤하게 털어버리게 되는 날이
너무 늦지 않게 오고야 말 거야.

## (　오늘부터 장마가 시작될 예정입니다　)

고루고루 옅게 퍼진 안개처럼 소망하던 것들이 좀처럼 잡히지 않던 날 너는 차갑게 식은 아스팔트 저 멀리서부터 손을 벌벌 떨며 왔다.

내가 서서히 지워지는 달빛 부스러기 황급히 주워 담느라 아무것도 보지 못했다고 하자 너는 엉엉 울며

"사실 나는 네게 아무것도 아니었는걸"

하고 손 쓸 수 없이 자책했다. 곧장 눈 한번 흘깃 맞춰주고서 "아니, 보고 싶었어. 일단 여기 널브러진 내 꿈들부터 함께 주워주지 않을래" 했더니 너는 멎은 듯했던 울음을 입으로도 쏟아내기 시작했고

나는 아까처럼 눈과 귀를 막았다. 여름의 심장부였으니

별안간 들이붓는 거센 장맛비를 피할 겨를도 없이 모두 맞아버렸다. 이른 아침 일기예보에서 몇 번이고 주의를 주었건만 손에 들린 거라곤 지난여름 꺾어 들었던 장미가 전부였고

그때였나 하얗게 쏟는 빗속으로 네가 영영 사라졌다.

동시에 거짓말처럼 손에 들린 장미가 골골거리며 시들었고 거짓말 같은 그 일이 또 하나의 거짓말처럼을 불러들여 나 혼자 덩그러니 겨울 위에 쌓였다.

"있지, 내가 후회라는 걸 처음 해봐서 하는 말인데, 진심으로 반성하고 지난날의 과오를 뼈저리게 슬퍼하면 모든 게 제자리로 돌아오는 거지" 하며 무엇도 없는 납빛 하늘 올려다보고 입을 벌리자

그 안으로 알싸한 눈들이 들이닥치기 시작했다.

겨울 위에 쌓인 내 위로 눈이 한가득 쌓여 모든 말이 고요히

묻혀버렸고 나는 그해 여름 뙤약볕을 닮은 해를 만나자마자 눈 녹듯 눅눅하게 울고 말았다.

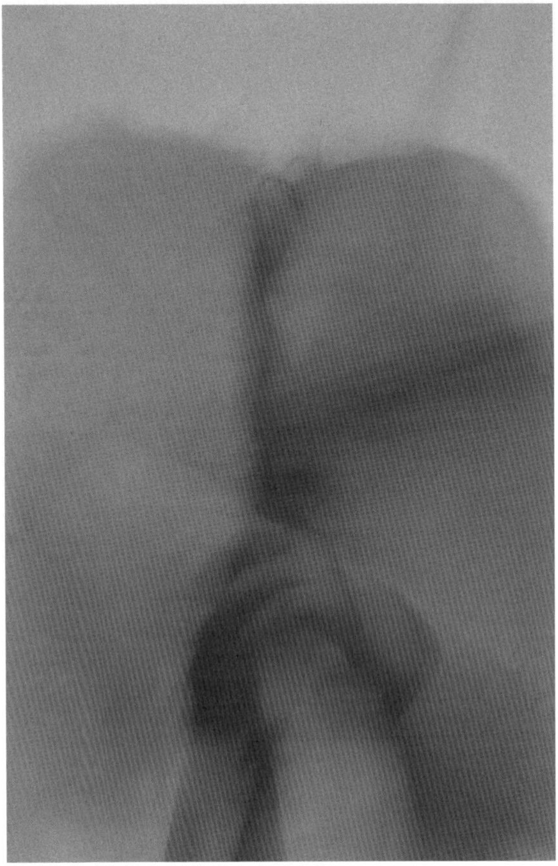

## ( 여전히 그럴지도 모르지만 )

사랑 하나를 완전히 기억 저편으로 잊는다는 건, 애초부터 말이 안 되는 일이었습니다. 잊어야만 한다는 간절한 마음이 자꾸만 말썽인 그 사람 생각을 창문 밖으로 후후 불어내고, 그 소원 같은 고통이 무겁게 반복되다 보니, 내 삶에서 그 사람이 덜 중요한 일부로 밀려나 힘이 점점 약해져가는 것뿐이더라고요.

그마저도 계절이 바뀌거나 달이 유난히도 밝은 새벽이 오면 바로 어제 잃어버린 시간처럼 뾰족한 아쉬움이 가슴께를 마구 찔러대곤 합니다. 가끔은, 아주 가끔은 그 사람이 정말로 잊힐까 봐 겁이 나서 방울방울 눈물을 쏟기도 하고요.

열렬히 사랑했던 순간들은 어느새 빛바랜 추억으로 뒤덮였고, 마음속엔 여전히 사랑이 있을지도 모르지만 애써 외면하는 것으로 참아내고는 합니다. 누군가에게는 눈 깜짝할 새에도 이루어지는 망각의 과정이, 왜 나에게는 이토록 버겁고 잠 못 이루게끔 하는 일이 되는 걸까요. 우리 사랑이 너무 컸던 걸까, 내가 마음을 지나치게 줬던 탓일까, 어차피 돌아오지 않을 대답을 뒤로하고 오늘도 텅 빈 방의 공허를 몸소 느낍니다.

많이 사랑했어,

여전히 그럴지도 모르지만,

하는 말들을 진종일 읊조리다 다 간 하루를

힘없이 배웅합니다.

## ( 아름다운 이별 )

4년의 긴 연애를 끝으로 애인과 이별하게 된 친구와 술자리를 가진 적이 있다. 그 친구와 만날 때마다 약속이라도 한 듯 향했던 오징어횟집이었는데, 그렇게 좋아하던 음식을 바로 앞에 두고 있음에도 말없이 술만 들이켜던 친구가 한참이 지나서야 입을 열었다.

"그게, 헤어짐이 정해지는 그 순간, 그간의 모든 사랑과 약속이 새까만 거짓말이 되는 것 같더라고."

그런데도 좀처럼 그 사람을 원망하는 마음이 생기지는 않더라는 말을 작게 덧붙였다. 이별한 애인의 곧은 행복을 진심을 담아 빌어주는 건 영화에서나 나오는 허구일 뿐이라 믿으며 살아왔었는데, 막상 너무 사랑했던 사람이 나의 영향권 바깥으로 사라지니, 무력한 마음으로 그 사람의 행복을 가득히 빌어주게 된다는 씁쓸하면서도 뭉클한 말과 함께.

생각해보면 정말로 그랬다. 나 또한 평생을 다 걸 수 있을 만큼 진득하게 사랑한 그 사람과의 잔인하기 짝이 없던 이별 후에, 아주 잠깐의 방황을 거치고서 상대방이 죽도록 슬퍼하기보단 차라리 행복했으면 하는 편안한 마음이 일렁이곤 했으니까. 물론 부정적인 마음만 잔뜩 남아 온통 생채기뿐인 이별도 있겠지만, 사랑의 연장선으로서 그 역할을 톡톡히 해내고야 마는 성숙한 이별도 어느 연애의 끝에서는 나타나기 마련이다.

아름다운 이별도 존재한다는 말을 옹호하는 입장은 아니지만, 적어도 뒤탈 없는 이별은 분명히 있다고 믿는다. 이별 후에 상대방을 무조건 원망하고 탓하는 일에는 나 자신의 고통도 적지 않게 따르는 법이다.

이와 같은 상처를 겪지 않는 유일한 방법은,
그간에 우리가 나눴던 사랑은 그 모습 그대로 남겨두고
이 이별이 마치 정해져 있던 운명이었다고 생각하는 것.

때로는 내 삶에 생긴 커다란 힘듦을 완전히 다른 존재의 책임으로 돌려버리는 것도 좋은 방법일 테니까. 나를 사랑해줬던, 또 내가 사랑했던 사람의 행복을 빌어주는 것은 생각보다 그리 어려운 일이 아니다. 나도 그랬고, 그 친구도 그랬으니까.

희미해져 가고, 슬퍼하고, 조금씩 잊어가고, 무너졌던 마음 다시 일으키는 그 시간까지도 모두 사랑이라는 것을 이제는 알고 있다.

## ( 네가 떠난 죽고 싶던 그해 여름 )

나에게는 죽고 싶은 마음이 거의 완벽에 가까웠던 여름이 하나 있었어. 거기에는 삶의 이유 부재 따위의 치사한 핑계 아래 정말로 죽어버린 네가 있고, 그 파란 손목에는 테 한 줄이 두툼한 입술처럼 길게 늘어져 있었지. 내가 그 흉측한 테를 똑바로 응시하고 있을 때, 그것은 정말이지 입술처럼 게슴츠레 벌어지더니 내게 똑똑히 말했어.

"죽는다는 건 이렇게나 보잘것없어지는 거야. 정말 다 사라지는 거라고. 누군가는 분명히 나를 내려다보고 있을 텐데, 나는 그 사람에게 고맙다거나 미안하다거나 사랑한다는 말 한마디 건넬 수가 없어. 그러니 너는 죽지 마. 제발 죽지 마. 나한테 그랬던 것처럼 죽고 싶다는 이야기도 쉽게 꺼내지 마. 어떻게든 살아야 해."

불빛이라고 할 만한 건 어두운 골목에 드문드문 세워진 가로등에서 뿜어내는 게 전부였던 늦은 시간, 반강제적으로 너를 집에서 끄집어낸 사람은 다름 아닌 나였어. 근처에 늦게까지 하는 꼬막집이 있다고. 아무리 생각해봐도 내 푸념을 온전히 받아줄 수 있는 사람은 너뿐이라고. 어차피 내일은 주말이니까. 아침 일찍 약속이 있다고? 그럼 정말 딱 한 병만 나눠 마시고 깔끔하게 집으로 돌아가자. 어어, 그래 거기. 응, 그 편의점 옆 벤치에서 기다릴게. 고마워.

너는 집 앞에 잠시 나올 일이 있을 때마다 매번 입는 검은색 운동복 차림으로 내 앞에 섰고, 나는 그런 너를 데리고 앞서 말했던 꼬막집으로 향했어. 혹시 문을 닫지는 않았을까 노심초사하며 꺾어 들어간 골목에는, 간판도 제대로 달려 있지 않은 음식점 하나가 불을 환하게 켜놓고 우두커니 서 있었지. 우리는 곧장 그곳으로 들어갔고, 적당한 자리를 잡고 앉을 때까지도 단 한 마디 나누지 않았어.

나는 만 이천 원짜리 꼬막무침을 한 접시 시키고는, 무언가에 쫓기기라도 하는 듯 황급히 술 한 잔을 전부 들이켰지. 그에 오랜 정적을 깨는 너의 말이 나를 걷잡을 수 없는 슬픔으로 세게 밀어넣은 거야.

죽지 마. 나라면 모를까, 네가 왜 죽으려 들어.

아무 말도 안 했는데 어떻게 알았냐고?

죽고 싶다는 생각을 하는 사람은 늘 같은 얼굴을 하고 있어.

그래, 꼭 지금의 너처럼.

그렇게 슬픔도 기쁨도 아닌 것이, 꼭 당장에 먼지처럼 사라질 것만 같은 표정을 얼굴에 두르고 있다고. 차라리 실컷 울자. 자, 여기 휴지도 줄게. 주인아주머니가 계속 쳐다보시잖아. 아, 감사합니다. 여기에 놓아주시면 돼요. 감사합니다.

우리는 언제 그랬냐는 듯 서로의 일상을 주고받으며, 양념이 잘 밴 꼬막무침 한 접시와 소주 네 병을 앉은자리에서 모두 해치웠어. 약속한 한 병이 훌쩍 넘을 때까지도, 우리는 누구라고 할 것 없이 빈 술잔을 채우기에 급급했지.

취기가 올라 얼굴이 붉어진 너는, 이곳 참 좋다고, 네가 시간이 안 된다면 혼자서라도 자주 와야겠다고, 매번 너무 고맙다는 말을 그 당시의 장마처럼 억수같이 반복했어. 그게 멀쩡히 살아있는 네가 내게 건넨 마지막 말이라는 것을 그때 알았어야 했는데. 네 얼굴에서 네가 금방이라도 사라질 것만 같은 낌새를 발견했어야 했는데.

너는 그해 여름 스스로 귀한 목숨을 끊었어. 나와 술자리를 함께한 지 딱 이틀째 되던 날이었어. 그 시커먼 연락을 받고 일주일이 지날 때까지도 나는 너를 여전히 살아 있는 존재로 여겼지. 어쩔 수 없었던 거야. 나는 미친 듯이 애써도 도무지 죽을 용기 따위 가질 수가 없었는데, 너는 그 두려운 일을 정말로 해버린 거니까. 정작 힘들다고, 죽고 싶다고, 제발 좀 살려달라고 빌었던 나는 이렇게 멀쩡히 살았는데, 그런 내 푸념을 편안한 표정으로 전부 품어줬던 네가 하루아침에 죽어버린 거니까.

모르겠어. 그 여름을 내가 어떻게 견뎌냈는지. 누군가가 네가 죽은 시점으로부터 그해 가을 초입까지의 기억을 통째로 훔쳐 달아났을지도 모르는 일이야. 사라진 얼굴처럼 아무것도 없어. 정신을 차리고 보니 어느덧 가을이었으니까. 아침저녁으로 제법 공기가 쌀쌀해졌고, 붉게 물든 단풍이 이곳저곳에서 제 몸을 한껏 뽐내고 있었지. 그 덕분에 네 생각은 희망인 듯 쓸데없이 자주 드리웠고, 나는 그것을 떨쳐내느라 온갖 재주를 피워야만 했어. 그 와중에 밤 귀뚜라미 날갯죽지 비벼대는 음률이 내게는 꼭, 죽지 말아라 죽지 말아라 너는, 하는 것만 같더라니까. 무서웠어. 정말 너무 무서웠어.

그해 겨울은 또 어땠었게. 애써 떨쳐버리려고만 했던 네 얼굴이 이제는 너무 가물가물해지고 만 거야. 확 미쳐버릴 것만 같았지. 아무리 악을 쓰고 머리에 힘을 잔뜩 줘봐도, 네 눈과 코와 입이 반쯤은 지워진 채로 시선에 담기곤 했어. 창밖으로 눈발이 삶처럼 투신하는 날이 잦았던 겨울이었어. 아니나 다를까 눈과 바닥이 맞부딪히는 그 소리가 내게는 꼭, 너는 제발 죽으려 들지 말아라 죽지 말아라 너는, 하는 듯했어. 이제는 슬슬 화가 머리끝까지 치밀어 오르더라고. 이건 너무 이기적인 거잖아.

뭔 놈의 빌어먹을 개자식이, 끝까지 저는 되고 나는 안 된다고 하는 걸까. 왜 네 죽음이 남기고 간 이 엄청난 후유증을, 나는 별다른 수도 내지 못한 채 무작정 버티고만 있어야 하는 걸까. 도대체 뭐가 그리도 걱정인 거야? 어떠한 이유로 일 년 내내 나 하나만 졸졸 따라다니며, 그러니까 한해살이풀 걱정하듯 안절부절못하는 거냐고, 하는 생각들이 봇물 터지듯 뿜어져 나오기 시작했었지.

온통 낯선 것들로만 치장해댄 올해 봄, 나는 여전히 죽고 싶다는 생각을 습관처럼 하고 있어. 네가 허파 깊숙한 곳에 숨어 있던 마지막 숨마저 모두 내뱉고야 말았을 때, 그때는 과연 어떤 마음가짐으로 자신의 손끝을 똑똑히 노려봤을지가 여전히 궁금해. 그게 너무 궁금해서, 단지 그게 너무도 궁금해서 나도 너를 뒤따라볼까 생각도 했었거든. 역시 나는 너만큼 대단하지 못한 것 같아. 하나도 대담하지 못한 것 같아.

아무렴 괜찮지 않을까. 어차피 우리는 모두 흐르고 흐르고 하염없이 흐르다, 결국엔 저 추악한 끝에 끈끈하게 닿기 마련일 테니까. 네가 구축한 삶의 길이가 내가 아우르는 세상보다 아주 조금 짧았을 뿐이야. 이곳에서 슬퍼지지 않는 방법이라고는, 양쪽 입꼬리를 억지로나마 당겨대는 것만이 전부일 테니까. 그래도 웃어야지. 애써 웃어야지. 도저히 지쳐 못 하겠다면 곧장 잠들어야지. 영영 죽지 말고, 잠깐만 잠들어야지. 썩 내키지는 않지만, 이제는 죽지 않고 살아봐야지.

나 정말 죽지 않고 계속해서 살아볼 테니,
이제는 마음 편히 눈 감아.

초점도 제대로 맞춰지지 않는 눈 억지로 부릅뜨고 있지 말아. 너는 항상 멋진 사람이었으니, 그곳에서도 꽤 인기를 얻었겠다 싶어. 너도 그만 편히 쉬어야지. 나 같은 사람의 뒤꽁무니만 졸졸 따르기에는, 너는 이제 너무 가벼운 사람이잖아.

네 원대로 나 죽지 않고 이렇게 살아 있으니까, 혹여 나중에 만나게 된다면 꼭 한 번만 안아주라. 언젠간 분명히 만나게 될 걸 알아. 수고했다고. 먼저 가서 미안했다고. 그럼에도 견뎌줘서 고맙다고. 그나저나 미련 없이 가득 채워 살다 왔느냐고. 여기는 생각보다 꽤 살 만한 곳이라고. 이런 시답잖은 말들이나 툭툭 던지면서, 아주 깊고 자상한 포옹 한 번만 해주라.

나에게는 네가 떠난 죽고 싶던 여름이 하나 있었어. 그해 여름이었어. 우리는 꼬막무침이 놓인 술상을 사이에 두고 앉아 있었어. 너는 내 얼굴만 보고도 그에 드리운 그림자를 발견했었지. 너는 용케도 나를 살렸어.

여전히 죽고 싶은 올해 봄,
나는 그래도 죽지 않고 어떻게든 살아볼 테니,
이제는 맘 편히 눈 감으라 너에게 말했어.

## ( 유월의 끝자락에 열리는 어떤 문 )

수풀이 우거진 곳을 자세히 바라보고 있자면
꼭 신비한 차원으로 가는 문이 열릴 것만 같다

날개가 내 이 손바닥보다도 큰 나비가
꽃가루인 듯 널리 비행하며
섬처럼 아득히 멀어지는 곳이

색이 퍽 선명한 노란색 비단을 두른
산새 두어 마리가 코끝 같은 가지에 앉아
연인들 웃음처럼 가물가물 지저귀는 곳이

바람에는 싱그러운 향이 아이처럼 업혀 있고
내가 기지개를 켜면 온갖 드높은 나무들이

푸르른 이파리를 파르르 떨게 되는 곳이

내가 숨어들고픈 문장들의 길고 긴 호흡이
잠깐의 가빠짐도 없이 견고하고 다정해지는 곳

이 모든 황홀이 자그마한 대가 없이도
내 오감에 들어앉아 편히 짐을 풀 세계가
여행처럼 아무도 모르게 시작될 것만 같다

입김으로도 바스러질 듯한 낙엽 위로
이름보다 치명적인 웃비가 안착한다
머지않은 유월 예고편의 방문 같은 것

내가 죽지 않는 이상 여름은 멈추지 않을 테니

여기, 이곳이 끝끝내 유월 끝자락에 가닿고
끊임없을 것 같은 장마가 급기야 숨을 뱉으면
틀림없이 신비한 차원으로 가는 문이 열린다

## ( 이만 잘 가요 )

더는 사랑이 아니랍니다. 그래도 지나가다 한번 마주치고 싶기는 합니다만. 서로 사는 세상의 간극이 꽤 길고도 넓게 벌어진 모양이에요. 갑자기 쏟는 비에 젖은 것이 한둘이 아닙니다. 잊지 말고 우산 챙겨요. 이제야 그 삶에 닿은 행복을 아주 오래 만끽하세요.

우리 가끔 눈물 나게 행복했고 자주 죽고 싶다는 생각을 공유했잖아요. 많이 고마웠다고요. 이런 나를 이상하게 여기지 않아줘서. 다 이해해, 죽으려거든 내 옆에 와서 아무도 모르게 그러니까 나만 알 수 있게 죽어버려, 라고 말해줘서.

그래도 당신 그 한 뼘도 안 될 것 같던 곁을 무덤 삼는 건 석 내키지 않았습니다. 당신 또한 남은 삶의 여유가 그리 많아 보이지는 않았으니까요.

우리가 만약 비슷한 시간대에 숨이 멎는다면, 조금이라도 먼저 죽어버리는 건 꼭 당신일 거라는 이상한 확신 같은 게 있었어요. 우리 둘 다 용케도 아직 살아내고 있지만요. 죽지 못해 산다는 애어른 같은 말을 툭 던지는 당신이 선명하게 그려져서 문득 웃기네요. 그 손목에 슬쩍 내비치던 붉은 테도 함께 이 눈앞으로 둥둥 떠다녀요.

나도 그런 건 아직 여전한데요. 다만 조금만 더 살아보고 싶다는 생각이 들 만큼 사랑하는 사람이 생겼습니다. 짧은 시일 내에 내 전부를 맡기고 싶다는 생각이 들 만큼 좋은 사람이에요. 알잖아요. 사랑에 있어서만큼은 조금도 겁내지 않는 나라는 것을. 반쯤 미친놈처럼 그 감정 하나만 좇는 우둔한 사람이라는 것을. 지금 당신이 더 배려 깊은 사랑을 발견한 것처럼 나도 마찬가지로 당신보다 더 섬세히 사랑하는 사람이 생겼습니다. 이미 당신을 훌쩍 뛰어넘었을지도 모르겠네요.

달리 듣고 싶은 말이 있는 것도, 그렇다고 꼭 건네야만 하는 말이 있는 것도 아니에요. 또 한 번의 여름이 달리는 기차 바깥의 풍경처럼 어김도 없이 지나갔습니다. 역시 우리는 틀리지 않았나 봐요. 퍽 안타깝지만 영원한 여름은 정말이지 없는 모양입니다.

그립다기보다는 산 사람의 윙윙거리는 목소리가 듣고 싶었을 뿐입니다. 솔직히 말하자면 지금의 이 감정에 어떤 이름을 붙여야 할지 잘 모르겠습니다. 언젠가 당신이 내게 줬던 산세비에리아는 무서울 만큼 잘 크고 있어요. 문샤인이었던가요. 가끔은 정말 달빛처럼 내 주변을 은은하게 비추기도 합니다만, 당신이 내내 아프지 말았으면 하는 이 마음이 어떻게 거기까지 닿겠습니까.

"올해는 여름이 유난히 길다. 그래도 영원하지는 않을 거래. 헛된 기대는 아무도 품지 않기로 하자. 아니다. 그래도 이 여름 하나쯤은 영원할 수도 있지 않을까? 그렇지. 분명 영원할 거야. 그렇고말고."

당신이 여름이면 습관처럼 종종 내뱉던 말이잖아요. 그럼에도 우리가 그때 그토록 확신하던 영원한 여름을 나는 끝끝내 만나지 못했습니다.

이만 잘 가요.
완연한 겨울에 닿으면 나는 언제 그랬냐는 듯
다시 씩씩하게 살아갈 수 있습니다.
부디 조심히 가요.
멋진 사람이니 어디로 가든 좋을 테지만요.

당신의 이름은 이제 이곳에 두고 갑니다. 지독히도 어려웠던 길이었고 자세한 메모 따윈 하지 않았으니 다시 찾으래야 절대 찾을 수 없을 겁니다. 각자 삶의 범주 안에 우연히라도 발 들이는 일 없기를. 앞서 말한 마주침은 다음 생에도 있을 수 없는 일이기를. 울컥하는 마음은 주책이나 다름없으니 그저 잘 지내고요. 당신이 정말 행복했으면, 많이 행복했으면 좋겠습니다.

그래도 다시 한 번 이만 죽고 싶다는 생각이 들 때면 또 놀러 올게요. 아무튼 당신의 그 여정에는 행복만 있었으면 해요.

## ( 암해(暗海) )

낮과 밤이 서서히 뒤바뀔 즈음
네 미소가 해 질 녘 잔상처럼 붉게 짙어지다
금세 자취를 감추었다

어둔 밤이 오고 멀겋던 시야가 점차 좁아지고
결국 네 숨 한 줌도 기억해내지 못한
쓰라린 가슴께 부여잡은 채
나는 인어처럼 눈을 감지도 않고 까무룩 잠이 들었다

너절한 꿈에 떡하니 나타난 네가 얼굴이 없어도
나는 어찌 알고 세게 부둥켜안아 부서지듯 울었다

그때 못한 사랑한다는 말을 네 입에 불어넣으려니

흔한 음성이 목젖에서 희망처럼 태어나다 말았고
나는 거품보다도 팽창하는 눈만 죽어라 치켜떴다

새벽빛이 온통 스미는 어스름한 방 허공으로
네 이름이며 얼굴이며 검은 머리칼 같은 것들이
물속처럼 떠다녔고
나는 못 잊겠다 널 사랑해 미안해, 하는 말만 중얼거렸다

## ( 마지막 호의 )

나는요,

내가 당신을 너무 그리워하는 탓에

이리도 속절없이 흩어지는 마음을

홀로 바들거리며 붙잡고 있는 것인 줄만 알았습니다.

그래서 당신 때문에 울고,

당신 때문에 아파하고,

당신 때문에 좀처럼 웃지 못하는 줄 알았습니다.

매일 밤 익숙한 거리에서

길을 잃고 몹시도 초조해하는 나의 모습을,

내가 멀찍이 떨어져서

손 놓고 지켜봐야만 하는

나쁜 꿈을 꾸는 줄 알았습니다.

당신을 등진 죄를 범한 탓에
이렇게나 서늘한 지옥을
내내 느껴야만 하는 거라며
자책하고 또 자책했습니다.

그런데요,
그때는 헤어짐의 슬픔이
폭우처럼 사정없이 쏟아진 탓에
이 두 눈을 모두 뜨지 못했었나 봅니다.
반쯤 감긴 눈으로 들여다본 내 불완전한 속내를
퍽 진심이라 여겼던 그날의 태도에 대해 속죄합니다.

나는 사실 당신보다
내가 당신을 부르던 그 이름이 좋았고,
당신과 만났던 지난날들이 좋았고,
그것보단 함께 저녁거리를 정하던 시간이 좋았고,
그것보단 그 음식들과 함께 먹던 술이 좋았고,
그것보단 술에 취해 누군가의 얼굴을 마주한 채로
숨김없이 진심을 토해내던 그때의 내가 좋았습니다.

내 그리움의 원천은 당신이 아니라
다름 아닌 나 자신이었던 것입니다.

나는 이제야 알 것 같습니다.
더 이상 당신은 내 세상에 하나도 없다는 것과
당신은 내가 운영하는 식당에 들러
내가 만든 음식들을 맛보고는
이내 곧 눈살을 찌푸리며 자리를 뜨고야 만,
내게 다시 오지 않을 손님이었다는 것을요.

그러므로
나는 이제야 비로소 당신을 온전히 원망합니다.
한낱 짧은 소낙비가 손쉽게 채워놓은
작은 물웅덩이에 불과했던 우리네 사랑을,
집채만 한 고래도 충분히 숨 쉴 수 있는
깊은 바다라 착각했던 그때를 후회합니다.

이제 나의 여름은
기대했던 대로 마음껏 싱그럽고 역동적일 테니,
당신은 이 여름에 하릴없이 무너지세요.

더불어 당신이 굉장히 불행하기를
나의 고통 없는 죽음보다 더욱 간절히 바랍니다.
이 부질없는 세상에서 누구보다 오래 살아남기를,
부디 나의 옅은 목숨보다 더욱더 끈질긴 삶을 살기를
진심으로 바랍니다.

이것이 한때는 서로를 사랑이라 칭하며
세상의 온갖 봄을 끌어다가
온몸에 꼼꼼히 둘러주었던,
나의 애인이자 은인이었던
당신에게 베푸는 마지막 호의입니다.

## ( 우리는 무엇을 그리워했던 걸까 )

오랜 시간 열렬히 사랑했던 옛 애인과 이별한 지 1년여 만에 집 앞 호수공원에서 재회한 적이 있다. 도대체 언제 어떠한 계기로 다시금 연락이 닿게 됐는지 기억은 하나도 나지 않지만, 우리는 분명히 처음보다도 훨씬 커다랗게 박동하는 심장께에다, 설렘과 흥분 같은 것을 잔뜩 품고서 서로를 반갑게 맞이했을 것이다. 이미 알만큼 다 안다 여겼던 그 사람의 모든 것이 새롭게만 느껴졌고, 우리가 이별하게 됐던 이유 따위는 기억 저편으로 훨훨 날려보낸 채 서로의 여전하고도 새로운 매력에 심취했다.

우리는 그 번쩍거리던 재회를 기점으로 전과 다른 영원한 사랑을 약속했고, 각자 품은 마음이 한층 더 성숙해졌다 굳게 믿으며 영화 같은 연애를 이어갔다.

그리고 우리는 그로부터 딱 1년, 사계절을 한 바퀴 돌아 겨울에 닿았을 때 새끼손가락 걸고서 다짐했던 애틋한 약속을 스스로 무너트리고는 끝끝내 헤어졌다. 한 사람과 두 번의 사랑을 하고 두 번째 이별을 아프게 겪던 날, 그 사람이 내게 건넨 묵직한 문장은 수만 갈래로 산란한 날카로운 달빛처럼 여전히 나의 온몸을 수시로 찔러대곤 한다.

"그때 우리가 재회에 필사적이었던 이유는, 어쩌면 서로를 미치도록 필요로 해서가 아니라 행복했던 과거의 기억을 생생히 재현해줄 확실한 대상을 필요로 했기 때문이 아닐까? 매정하게 말해서 미안하지만 이게 내 진심이야."

절대 쉽사리 인정하고 싶지는 않지만, 사실 어느 한 곳도 틀린 부분이 없는 말. 정확히 '그 사람'을 다시 원했다기보단, 행복했던 '그 시절'과 '그때의 내'가 보고 싶은 가여운 마음에서 비롯된 치명적인 오류.

우리는, 그러니까 나는 정말로 피곤한 눈 비벼가며 열심히 사랑했던, 함께 흥에 겨워 춤을 추고 술을 마시던, 꽃다발 한 아름을 주고받으며 해맑게 웃던, 바다를 보며 사진을 찍고 첫눈을 함께 맞던 네가 아니라 그 시간을 그리워했던 걸까.

## ( 당신은 무사히 안녕한가요 )

우리가 얼굴을 마주하지 못한 채
흘러버린 시간도 어느덧 2년 남짓입니다.

사계절은 진작 돌고 돌아 다시 원점으로 돌아왔고, 당신이 그리도 애틋이 여기던 여름, 그러니까 올해 여름에는 여느 때보다도 비가 많이 쏟아졌지요. 완전히 잊고 지낸 듯했던 당신에게 무슨 연유로 편지씩이나 쓰게 되었는지는 저조차도 모를 노릇입니다.

더는 대낮이라도 정수리가 햇볕에 뜨거워질 일이 없어서인지, 옷을 두세 겹이나 껴입어도 동이 트면 온몸을 웅크려야만 해서인지, 어느 곳을 걸어도 빛이 바랜 낙엽 바스러지는 소리가 들려오는 탓인지 도통 알 수가 없어 괜스레 속상한 마음입니다.

돌이켜보면 참 말도 많고
탈도 많았던 만남이었습니다.

그렇다 할 큰 다툼이 있었던 것도, 도저히 맞춰갈 수 없을 지경까지 성격이 정반대로 부딪쳤던 것도 아니었거든요. 오히려 하나의 마음이 정확하게 둘로 분리되어 각자 다른 성별과 외형만 갖게 된 건 아닐까, 하는 말도 안 되는 이야기가 오고 갈 만큼 닮은 구석만 수도 없이 많았습니다. 어쩌면 하늘이 점쳐준 운명 같은 것일지도 모른다고 여겼습니다. 이는 저만의 착각은 아니었다고 지금도 확신하는데요. 그 당시에 놓인 당신과 나는, 결코 서로 다른 생각을 할 수 없도록 치밀하게 설계되어 있었던 것입니다.

그럼에도 우리 사이에는 여느 연인들의 사소한 다툼보다도 잦은 이별이 있었고, 그럴 때마다 잃어버린 목숨에 뒤늦게 손을 뻗듯 서로를 미친 사람처럼 찾아댔습니다. 다시는 안 볼 것처럼 남이 되었다가도, 언제 그랬냐는 듯 사랑하지 않고서는 못 배기겠다는 눈으로 서로의 표정을 관찰하고는 했습니다. 무언가 잘못되었다는 것을 은연중에 자각하고 있었으면서도, 그저 당신이라는 존재가 내게는 너무 애틋하게만 다가와서 그 모든 부정들을 훤히 보고도 못 본 척했습니다.

우리의 마지막에 당신이 내게 건넨 말은,
꽤 오랜 시간 당신을 원망하게끔 했습니다.

나와의 헤어짐이 싫어서 이 관계를 지켜왔던 게 아니라, 그냥 '이별'이라는 상황 자체에 놓이는 게 무서워서 애써 붙잡고 있었다는 그 말이 나는 너무도 아팠습니다. 당신이 새로이 사랑에 빠진 그 사람을 괜히 미워하기도 했습니다. 일면식도 없는 사람을 무작정 미워하는 일은 무척이나 고된 일이었습니다. 딱히 이유를 찾지 못한 거짓 원망이라, 금방 그 힘을 잃고서 시들하게 죽어버렸지만요.

하지만 이제는 나의 배신감이나 원망보다는, 당신이 느꼈을 허탈함과 그러한 마음에 닿기까지의 과정에서 부딪혀야 했을 둔중한 벽에 대해 더욱 깊숙이 생각합니다. 그 가여운 심정을 사탕처럼 곰곰이 녹이다 보면 걷잡을 수 없을 만큼의 죄책감이 몰려와서, 눈을 질끈 감고 미안하다는 말을 속으로 몇 번이고 되뇌고는 합니다.

당신은 하루라도 빨리 나를 벗어나 지금 곁에 있는 그 사람을 만났어야 했다고, 그래, 너는 온몸에서 뿜어져 나오는 자유로움을 마음껏 발산할 수 있는 사람과 더욱 어울린다고, 참 좋은 사람 만난 것 같아 이제야 좀 안심이 된다고 편한 마음으로 인정했습니다. 누군가 내게 정말 하나도 아쉽지 않느냐고 물어온다면, 나는 당연하다는 듯이 서로가 각자의 자리를 찾아간 것에 무엇하러 불만을 품겠느냐고 대답할 수도 있겠습니다.

당신 덕에 오래도록 유지하고 있는 좋은 습관들도 있습니다. 너무 바쁘거나 피곤한 날이 아니라면 빼놓지 않고 일기를 씁니다. 길게는 아니더라도, 한두 줄 정도로 그날 하루를 간단하게 정리합니다. 귀찮은 일로만 여겨졌던 일기 쓰기가, 당신 덕에 오늘의 마무리를 아주 깔끔하게 다듬어주는 가위 같은 것으로 감쪽같이 둔갑했습니다. 아무리 비참하게 끝난 관계인들, 사랑하는 동안에는 분명 서로에게 적지 않은 긍정을 자신도 모르게 선물처럼 건넸을 것입니다.

그러는 당신은 여전히 행복과 슬픔을 한데 모아
글로 기록하고는 하나요.

참, 그토록 좋아하던 검정치마의 음악은 여전히 즐겨 듣는가요. 김사월의 음악과 잔나비의 음악은요? 술을 좋아하는 취향은 변함없는 것처럼 보였지만, 이제는 맥주보단 위스키를 즐겨 마시는 것 같더라고요. 내가 셀 수도 없이 많이 바뀐 만큼, 당신도 무척이나 달라졌을 거라 생각합니다. 이에 아주 조금은 씁쓸한 마음이 들면서도, 어느덧 시간이 이렇게나 흘러 보기 좋게 성장했다는 사실이 퍽 뿌듯하게 느껴지기도 합니다.

이제 곧 겨울의 초입에 닿을 테고, 당신이 있는 그곳에는 지겹도록 많은 눈이 쏟아지겠지요. 이제는 당신의 겨울나기가 심히 궁금하지는 않지만, 그 탓에 애틋했던 작년 겨울이 머릿속에서 보다 선명해질 것만 같습니다.

그럼 이제 그간 미안한 마음이 앞서 차마 건네지 못했던 말을 마지막으로 이 편지를 끝마칠까요. 찬바람 물씬 불어오는 이 가을에 당신은 안녕한가요. 오늘도 그곳에서 안녕히 있으신가요.

슬픔과 고통을 뒤로한 삶 앞에서 무사히 안녕한가요.

그리고, 부치지 못한 편지

# 여전히, 친애하는 당신에게

## 러브레터 # 1

2020. 8. 12

당신 얼굴이니 웃음이니 체취니 하는 것들을 드문드문 떠올릴 때마다 왈칵 울음이 터질 듯했습니다. 만약 행복이란 감정에 자격과 같은 것이 있다면, 이런 내가 감히 행복감에 몸부림을 쳐도 되는지, 내가 그만큼의 조건에 충족되는 사람이긴 한 건지 의문이었습니다.

유독 추위를 많이 타는 당신의 차가운 코끝과
웃을 때 조금 찡그리는 미간과
나에게 입이 참 예쁘다 말해주는
훨씬 예쁜 그 입이 나는 너무 좋습니다.

진종일 그것들을 번갈아가며 생각하고 그리느라, 내 허술하던 하루에 틈이란 틈은 전부 꼼꼼하게 메꿔졌습니다.

아직은 매일 드리우는 여름밤이 그리 싫증 나지 않습니다. 벌레를 몸서리치게 싫어하지만 저 멀리서 은은하게 퍼지는 풀벌레 소리는 오히려 퍽 달갑습니다. 그럴 때 나는 당신과 어느 한적한 공터의 풀밭에 나란히 누워 있고 싶습니다.

올려다보는 것이 무엇이든 당신만큼 화려하고 우아할까 싶지마는, 함께라면 그 의미는 배가 되기에 맞잡은 손이 벅차올라 도무지 견딜 수가 없어지지 않겠습니까.

당신 그림자 한 줌 밟지 않으려 살금살금 조심할 만큼 당신을 아끼지만, 한편으론 겁도 없이 그 품에 와락 안기고 싶은 마음이 샘솟는 건 정말이지 알 수 없는 인간의 본능입니다.

당신은 꽃을 좋아합니까. 그렇다면 여름에 피는 꽃은 죄다 그 색이 선명하고 어여쁘다는 사실 또한 알고 있을까요. 당신이 원한다면 그게 무엇이든 한 아름 엮어다 그 작은 품에 꼼꼼히 안겨줄 수도 있습니다. 당신이 좋아하는 것이라면 빛의 산란보다 많은 걸음으로 흩어져 이것저것 전부 가져다줄 수도 있습니다. 당신이 이글거리며 작열하는 팔월의 별이라고 한들, 그 하나하나를 등에 업고 얻은 화상에는 조금도 개의치 않을 것입니다.

나에게 이렇듯 커다란 행복을 선사한 그대는 조금 편안한가요. 내가 나도 모르게 흘려낸 우울이 시큼해서 견딜 수 없지는 않은가요. 내 감정이 큰 소리로 여기저기 닿는 것만큼, 당신의 솔직하고 벌거벗은 감정 또한 많은 곳 중 나에게 닿기를 간절히 바랍니다. 그리고 그곳에는 섬세한 행복이 담겨 있기를.

부디 나 하나 덕분에
당신의 예쁜 그 입에서
행복하다는 말이 축제의 폭죽처럼
넓게 터져나오기를 진심으로 바랍니다.

당신의 깊은 눈과 숨겨둔 울음과 떨리는 두 다리와 가슴께에 깊게 박혀 있을 슬픔과 여름밤에 걸맞은 삶의 습기를 사랑합니다. 많이 좋아해요. 우리가 서로에게 전할 말이 더 많이 생기는 사이가 되었으면 좋겠습니다. 내일부터 다시 비가 쏟아진다니 그때 이야기는 그때로 미루도록 하는 겁니다.

2020. 10. 8

종일 내리던 비가 금세 자취를 감추고, 후덥지근해 잠을 이루기 힘들던 여름밤이 모두 지나갔습니다. 아침저녁으로 쌀쌀한 바람이 옷가지 바깥으로 드러난 살갗에 심술을 흠뻑 붓네요.

어느덧 완연한 가을이 왔습니다. 여름을 순식간에 지나보내고 가을에 닿았음에도, 여전히 많이 좋아합니다. 또 하나의 계절을 변함없이 당신과 함께하고 있다는 사실에 마음이 심히 벅차오릅니다.

당신은 나랑 이 계절의 막이 내리기 전에 서둘러 가을이 우거진 곳의 심장부로 숨어들어요. 그 숲속에서 키가 가장 큰 물푸레나무 그늘 아래 몸을 뉘어 같은 꿈을 꿔도 좋겠어요. 그 꿈속에서 지난여름 미처 같은 시선에 담지 못한 것들을 넝쿨처럼 우리 두 손에 배배 꼰 채 만나봅시다.

남은 가을을 원 없이 여행하고서,
당신만 허락한다면
그다음의 흰 겨울까지도 함께 가고 싶어요.

## 러브레터 # 2

우리 자주 만나요.

눈이 오거나 비가 올 때,

날이 참 좋거나 달이 예쁜 밤에.

그러니까 별의별 핑계를 전부 긁어모아서라도 틈만 나면 만나서 같이 놀아요. 커피를 마셔도 좋고, 밥을 먹거나 영화를 보고 술을 같이 마셔도 좋겠어요. 당신과 함께하는 거라면 어느 하나 즐겁지 않은 게 없을 테니까. 당신이 만약 우리 집에 놀러 와주기라도 한다면 맛있는 파스타도 대접할게요. 레시피 없이도 만들 수 있는 유일한 파스타인데 맛에는 꽤 자신이 있는 편이라서요. 직접 만든 유자청을 양껏 넣은 향긋한 유자차도 한 잔씩 나눠 마셔요. 그것 참 상상하는 것만으로도 몹시 완벽한 하루가 될 것만 같습니다.

둘 사이에 뿌리내린 사랑의 몸집을 끝도 없이 키우는 일은 그리 어렵지 않을 거예요. 그저 자주 만나서 시답잖은 내용과 퍽 심오한 내용이 고루고루 잘 섞인 대화를 나누고, 서로가 좋아하는 색깔이나 가슴속에 하나씩은 필히 품고 있을 가장 아끼는 음악, 온 마음으로 사랑하는 계절과 멀찍이서 바라보는 것만으로도 커다란 행복을 입안 가득 머물 수 있게 한 꽃의 이름 정도만 나누고 선명히 외운다면, 우리가 심은 사랑은 금방 이파리를 틔우고 하얀 꽃을 맺다가 아주 탐스럽고 달큼한 열매로 영글고 말 거예요.

언제 내가 한번 이야기한 적 있었던가요.
나는 남들보다 조금 걱정이 많다고.

그래서 꽤 자주 혼란스러워하고, 나도 모르는 사이에 넘칠 만큼 차오른 슬픔이나 고통 같은 악한 것들을 당신의 발치에 흘려버릴 수도 있다고 말이에요. 아직도 자칫 방심할 때면 호흡할 수 없을 만큼 깊숙한 우울함에 잠겨버리기 일쑤인데요. 그래도 꼭 구원인 것만 같은 당신 생각 한 번이면 온몸이 비늘로 덮이고 지느러미가 생기다가 끝끝내 스스로 넓은 아가미까지 만들어내서는, 칠흑처럼 한 치 앞도 알 수 없는 우울 속에서도 숨을 내쉴 수 있게 되는 겁니다. 한낱 모양만 그럴싸한 사랑인 줄 알았던 당신이, 실은 귀한 호흡이자 생명이며 동시에 다신 없을 기쁨이었던 것입니다.

머리맡에 무심코 틀어놓은 라디오에서
가까운 날의 밤부터 눈이 올 수도 있다는
DJ의 목소리가 흘러나오고 있습니다.

어쩌면 머지않아 우리가 얼굴을 마주할 수 있는 또 한 번의 좋은 핑계가 생길 수도 있겠어요. 그러면 저는 그 밤이 전부 하얗게 뒤덮이기 전에 늦지 않도록 단골 미용실에 들러 머리도 깔끔하게 정리하고, 당신이 좋아할 법한 연보라색 스웨터도 한 장 사둬야겠습니다. 여유가 조금 남는다면 퍽 수수한 디자인의 안경도 하나 장만해볼까 해요. 진한 갈색의 뿔테 안경이라면 좋겠는데요. 안경을 쓰고서 멋쩍은 듯이 인사하는 내 모습이 당신에게 조금이라도 더 선한 인상을 줄 수 있었으면, 하는 작은 소망이 있습니다.

우리가 그간 얼마를 만났고 또 서로를 얼마나 섬세히 알고 있건, 당신에게 잘 보이고 싶은 마음에는 손톱만큼의 변함도 없으니까요. 지금도 여전히 당신 앞에 서야만 할 때면 나는 어쩔 수 없이 어린아이가 되어 온몸을 배배 꼬기에 바쁜 순간을 지나보내야만 합니다. 그러고는 퍽퍽한 호밀빵 같은 것에 목이 막힌 사람처럼 먹먹한 목소리를 세게 쥐어짜내며 이렇게 말하기도 하겠죠.

많이 좋아해.
나는 언제나 너랑 함께 노는 게 제일 좋아.

그러니까 우리 자주 봐요. 그래야 정이란 것도 펑펑 쌓일 테니까요. 이왕이면 당신과 걷잡을 수 없을 만큼 많은 정이 들어서, 갈라서려야 그럴 수 없는 끈끈한 사이가 되고 싶어요. 그러기 위해서는 우리 오늘도, 내일도, 모레도 만나서 오래도록 웃고 떠드는 게 좋겠어요. 부디 이런 나의 적극적인 사랑이 당신에게 큰 부담으로 가닿지 않기만을 바랄 뿐입니다. 아무도 모르는 찰나의 순간에 당신과 나의 잔뜩 해져 있던 낡은 마음이 자취를 감추게 되기를. 또한, 그 공을 당연한 듯 서로에게 돌리며 고마운 마음을 쉴 새 없이 전할 수 있는 건강한 사랑이 되기를.

괜찮다면 우리 오늘은 와인이라도 마실까요.
당신 취한 모습이 유난히 예쁘기도 해서요.

당신이 좋아하는 감자칩도 종류별로 여러 개 준비해놓았어요. 적당히 얼굴이 붉어지면 우리 멀끔히 씻고는 같이 누워요. 서로의 살갗이 보드랍게 마찰하면 그날 밤은 깊은 잠에 들 수 있을 것 같아요.

우리 자주 만나요.

틈날 때마다 만나서 지겹도록 세게 껴안아보기도 하자고요.

## 러브레터 # 3

곤히 잠든 네 얼굴을 가만히 바라보는 게 좋아. 그 안의 눈부터 앙다문 입술까지 천천히 훑어보다 문득 내 눈가가 축축이 젖는 것을 보고는 알았지.

있잖아,
내가 너를 참 많이 사랑하고 있어.
사랑보다도 더 사랑다운 마음을 주고 싶어서
진종일 발을 동동 구르고 있다면 네가 믿을까.

우리가 이렇게 같은 곳에 누워 아무 거리낌 없이 맨살을 비벼 댈 수 있다는 사실이 내겐 너무 황홀한 거야. 우리가 번갈아 내뱉은 숨이 이 방을 한 틈도 빠짐없이 채우다, 결국엔 하나의 숨으로 합쳐져 다시금 우리의 허파로 숨어드는 거잖아. 정말이지

값진 일이야. 응. 정말이라니까. 왜냐고? 잘은 모르겠지만 내 것과 네 것이 하나라도 더 섞일 수 있다면 나는 뭐든 할 수 있을 것 같거든.

이것 봐. 꼭 나 하나 굳게 믿고 마음 편히 잠든 아기 같아. 이 뾰족한 세상의 흔하디 흔한 틈에서 너 하나만큼은 내 끈적한 피가 다 증발해버린대도 끝끝내 지켜주고 싶단 생각을 해. 어쩌다 이름도 얼굴도 모르는 너와 내가 이렇게 만나, 겉과 속까지 전부 닮아가고 있을까. 아무리 생각해도 너무 기적만 같아서 도저히 몸 둘 바를 모르겠는 거야.

혹여 네가 잠에서 깨기라도 할까 봐 눈동자조차 조심조심 굴려대는 내가 퍽 우스워. 턱을 괴고 있던 오른팔이 조금 저려와서 부스럭거리고 말았는데, 아차. 네가 신음을 작게 내뱉으며 등을 돌려 누우려 해. 결국 내가 너의 깊은 잠을 방해한 셈이 되는 걸까. 에라 모르겠다, 뭐 어때, 냅다 입을 맞춰야지 하는 생각이 미친 듯이 뿜어져 나오면서 쿵쾅거리는데, 차마 그러지는 못하겠더라고. 내가 꼭 이상한 사람이 된 것 같잖아. 자다 깬 네 입장에서 생각해보면 기분이 썩 좋지만은 않겠더라고.

그런데 이거 어쩌지. 나는 늘 이성보다 본능의 지배 아래 살아왔던 사람인데. 해서 나는 정신 차릴 틈도 없이 네게 입을 맞추고야 말았지. 아니나 다를까 너는 화들짝 놀라며 잠에서 깨버렸어. 그런데 이게 웬일일까. 네가 너무 사랑스럽다는 얼굴로 나를 꼭 껴안아주잖아.

이러니 내가 그날의 그 밤을
사랑하지 않고 배기겠냐고.
그 속에 들어 있던 너를
몹시 사랑하지 않을 수 있었겠냐고.

나는 사실 꽤 복잡하게 얽힌 사랑을 추구하거든. 그러니까 요즘 말로 '지독하게 얽히고 싶다'라고 해야 할까. 서로의 모든 것, 정말 가진 모든 것을 주고받는 사랑이라고 하면 이해할 수 있겠어? 누가 보면 저것들 미친 게 틀림없어, 하면서 혀를 끌끌 차게 될 만큼. 누가 뭐라고 하든 우리 둘만 좋아 죽겠으면 되는 게, 우리 둘만의 세계에 자발적으로 영영 갇혀버리는 게 맨처음 사랑이라는 감정을 정의한 이가 바라던 바가 아닐는지.

그렇게 서로의 뜨거운 안광을 온전히 각자의 여린 심장으로 모두 받아내는 것. 그리하여 독한 감기를 앓듯 높은 열을 품은 채로 우리의 관계를 열렬히 응원하고 사랑하는 것.

행복하고 또 행복할 것 같지 않아? 너도 나와 같은 마음이라고? 그러니까 일단 세게 껴안은 채로 조금만 더 자다 일어나자고? 그래. 네가 그러고 싶다면 그러는 게 맞을 거야. 우리의 시간이 이대로 멈춰버려도 좋을 테니까.

정말 이대로 죽어도 좋겠어. 이대로 분홍색 유령이 되어버려도 좋겠다니까. 너무 갔다고, 오버하지 말라고 말하는 네가 하나도 원망스럽지 않아. 전혀 대단치 않고 신성하지 않아도 우리는 우리의 사랑을 교리처럼 따르곤 하니까.

손가락과 발가락을 전부 접어도 다 헤아릴 수 없을 만큼 많은 축복이 하늘에서 쏟아져. 한숨 자고 일어나면 저 바깥에 하얀 모습으로 잔뜩 쌓여 있을걸. 우리는 그 널브러진 것들을 둥글게 둥글게 굴려서 한입에 삼켜버리자. 왜라니? 그래야 우리의 속이 터질 것 같은 축복으로 가득 찰 거 아니야.

내가 또 너무 갔나 봐. 미안해. 그래 그러자. 이제는 정말 눈을 감자. 이리 와 품에 꼭 안아줄게. 하여튼 네 내음만큼 좋은 향도 없다니까. 좋다. 몸이 점점 나른해져. 푹 자고 일어나자.

낯선 꿈에서도 사랑할 거야.

사랑하고 사랑하고 또 사랑하는 마음으로도 모자라겠지.

숨을 곳이 간절하다면

언제든 이 속을 비워둘 테니

마음껏 웅크린 채 나를 두드려도 돼.

아무튼 많이 사랑한다는 말이야.

잘 자고 조금 있다 또 만나자.

## 부치지 못한
## 편지 #1

그제는 네가 유독 좋아했던 바닷가 그 술집에 다녀왔어. 내가 기억하는 네가 여전하다면, "부러워! 나도 거기 가고 싶어"라고 말할 게 뻔해서 괜스레 울 것 같은 얼굴이 됐지 뭐야. 사실은 좋은 핑곗거리가 하나 필요했거든. 나 아무래도 아직 너를 다 못 잊은 것 같아, 라는 문장으로 이 글을 열기에는 자존심이 너무 상할 테니까. 나는 아직도 너를 생각하는 마음보다 내 자존심이 조금 더 중요한 사람으로 살고 있는 모양이야. 참 못났지. 내가 봐도 못난 이런 모습에 네가 치를 떨며 떠난 것일 텐데, 나는 그때보다 한참은 더 못난 어른으로 커가고 있어.

아무튼, 그 바닷가 술집의 창가 자리 기억해? 오후 5시쯤 자리를 잡고 앉아 술을 정신없이 마시다 보면, 수평선 저 너머로 해가 지는 풍경을 볼 수 있었던 그 자리 말이야. 우리가 그 자리를 지독하게 고집했던 가장 큰 이유이기도 했잖아. 잘 익은 귤색으로 지는 석양을 바라보고 있자면, 꼭 어떤 무거운 일이든 아무렴 괜찮을 거라는 확신이 들곤 했어. 뭐랄까, 우리가 죽었다 깨어나도 절대 어길 수 없는, 거스르래야 도무지 거스를 방도 없는 영원을 약속한 것만 같은 느낌.

맞아. 삼백 년째 나이테를 무럭무럭 키워가고 있다는 소나무도 거기 있었잖아. 그곳 사람들은 그 소나무를 수호목이라고 부른다 했어. 그래서였을까. 그때의 나는 나도 모르게 그 나무에다 대고 이런저런 소원을 꽤 간절한 표정과 손끝으로 빌곤 했었어. 비록 내가 생전 처음 보는 낯선 이방인일지라도, 삼백 년씩이나 이곳에서 살아왔다면 그 정도 아량은 너그러이 베풀어줄 것만 같았거든. 지금 보니 참 건방진 착각이었던 것도 같아.

내가 뭐라고,
내가 가진 간절함이 도대체 뭐라고.
너와 꼭 결혼할 수 있게 해달라고 빌었었는데.

너무 멀리 떨어진 날의 소망이어서 그랬을까. 조금만 더 가까운 날의 보다 현실적인 내용의 기도였다면 조금은 달라졌을까.

당장 내일의 우리가 오늘보다 더 사랑일 수 있게 해주세요, 라고 빌었어야 했던 걸까.

별안간 내가 숟가락을 높게 들어 오후 7시쯤의 석양을 한 숟갈 퍼내는 시늉을 했을 때, 도대체 그게 뭐라고 네가 물개박수까지 쳐가며 아이처럼 꺄르르 웃어줬을 때, 그때 나는 어쩐지 이게 꼭 꿈인 것 같다는 생각을 했어. 그러지 않고서야 이렇게 행복할 수는 없는 거니까. 이만큼이나 행복해서는 안 되는 거니까. 만약 정말로 야속한 꿈이라면 차라리 영영 깨지 않았으면 싶기도 했어. 그 깊은 잠의 바깥세상에서는 내가 죽은 사람이 되어도 좋으니, 이곳에서만큼은 너와 오래오래 온갖 해로움을 잘도 피해가며 살아가고 싶다는 생각을 했거든. 그러니까 반은 맞고 반은 완전히 틀려버린 반쪽짜리 망상이었던 거야.

결국 너와 지나칠 정도로 섬세하게 사랑을 나눴던 그 순간들은 전부 꿈보다도 훨씬 꿈만 같은 순간으로 사라졌고, 영영 깨어나지 않는 깊은 잠 속에서 너와의 백년해로를 이루는 일 따위는 한 줌도 일어나지 않았어. 그날 이후로 나는 내게 수갑처럼 채워진 이 속박 같은 삶을 용케도 잘 살아내고 있어.

처음에는 정말이지 손과 발이 한데 묶인 것처럼 말을 듣지 않다가도, 금세 익숙해진 움직임으로 세수도 곧잘 하고 밥도 우걱우걱 잘 챙겨 먹게 되더라고. 그리고 며칠 전에는 녹이 잔뜩 슨 수갑을 손쉽게 풀어내고는, 이렇게, 이렇게 두 팔을 높게 들어 기지개까지 켜기도 했어. 정말로 너는 더 이상 나를 슬프게 하는 사람이 아닌 게 되어버렸거든. 진짜야. 그만큼 오래되었으니까. 무려 2년이잖아, 2년. 너무 억울한 거지. 분명 아침까지만 해도 이제는 정말 다 잊은 것 같은 오늘이었는데.

그해 여름 우리가 함께 맡았던
비릿한 밤바다 냄새와
지겹도록 들어대던 검정치마의 노래.

그리고 무서울 정도로 세차게 퍼붓던 장맛비를 피해서 들어간 지하의 작은 와인바. 나는 여태 그 흔한 걸음 한번 내딛지 못한 채 이 모든 것들에 발이 세게 묶여 있고, 너는 어딜 그렇게 정신없이 바삐 가기에, 하필 내가 다 잊었다 말하는 순간순간마다 특별했던 것 하나씩 보란 듯이 흘려놓는 걸까. 그것들은 또 어떤 재주를 부려 단 하나도 무덤이 되지 않을 수 있었던 걸까. 그리운 순간들이 영영 죽지 않는다면, 그건 너무 가혹한 일이잖아.

나는 오늘도 내 스물세 번째 생일날 네가 선물해줬던 산세비에리아에 물을 줬어. 언젠가 버려야 하는 순간이 올지 몰라 적당한 이름을 붙여주지는 못했지만, 너를 잊으래야 잊을 수 없는 이곳에서 야속하리만큼 무럭무럭 잘 자라고 있는 모양이야.

꽤 높게 자란 산세비에리아, 몇 번이나 버리고자 했던 사진 수십 장, 창고 정리 중에 난데없이 쏟아진 편지 봉투, 틈틈이 찾아 듣는 너와 함께 듣던 음악, 혼자 떠난 여행지에서 작은 엽서에 그려 선물해주었던 너의 시선들, 네가 유난히 좋아했던 체리맛 맥주, 직접 만들어 보내줬던 쿠키, 우리가 자주 가던 바닷가 술집, 네가 슬플 때면 나 몰래 잠시 왔다가 말도 없이 돌아갔던 우리 집 앞 나무 벤치, 모델 놀이를 하며 진종일 서로의 사진을 찍어댔던 대나무 숲, 관객이 열 명 남짓이던 작은 공연장에서의 기타 소리, 함께 앉아 색연필로 시답잖은 그림이나 그려대던 호수공원 앞 카페, 참새처럼 쉴 새 없이 재잘대던 너의 입. 그 외에 셀 수도 없이 많은 장면들.

정말이지 너를 잊으래야 잊을 수 없는 이곳.

## 부치지 못한 편지 #2

이제는 아주 잊어버릴게.

영영 지우고서 다신 들춰보지 않을게.

딱 이맘때쯤의 초여름이었어. 그날 밤 너는 술을 마시다 말고는 갑작스레 바다에 가고 싶다 말했었지. 그 말을 꺼내놓는 네 눈 하나가 어찌나 맑고 고왔던지, 지금은 시간이 조금 늦었으니 다음에 가자, 라는 말을 나는 채 입 밖으로 꺼내기도 전에 속 어딘가에서 잃어버렸어.

사람들은 보통 '바다' 하면 하늘 맑을 때 저 멀리까지 보이는 탁 트인 해변과 수평선을 떠올리지 않나. 그렇지만 너는 줄곧 어두컴컴해서 아무것도 보이지 않는 밤 바다를 좋아했어. 발치에서 고통스러운 듯 몸부림치는 파도 울음을 듣고 있자면, 내 삶에 필연처럼 찾아오는 슬픔이 고작 우연일 뿐인 게 되는 것만 같다고, 정말이지 별일 아닌 게 되는 것만 같다고 너는 말했어. 그러고는 별안간 내게 입을 맞췄던가.

그래. 너는 글을 쓰는 나보다도 더 멋진 문장을 종종 무심히 던지고는 했었어. 그러고 난 후에는 꼭 내게 입을 맞추고는 했지. 그게 어떤 의미를 담고 있었는가에 대해서는 더 이상 생각하지 않기로 했어. 사실 그건 그 장면 그대로도 충분히 의미가 있었으니까. 어차피 내가 쓰는 글의 팔 할에는 네가 으리으리한 집을 짓고서 우아하게 살아가고 있으니까 말이야.

그날 그 밤의 바다에는 우습게도 비까지 추적추적 내렸잖아. 네 가방 속에 작은 우산이 있는 것을 나는 오래전부터 알고 있었어. 너는 준비성이 좋은 사람이었으니까. 그런데 그날 함께 찍은 휴대폰 영상 속의 우리는 우산도 없이 비를 한바탕 맞고 있더라. 그럼에도 조급함이나 짜증 같은 감정을 얼굴에 얹고 있지 않았어. 그 속에는 얼른 아무 말이나 한번 해봐, 라며 소리치듯 말하는 너와 응? 아, 어, 그러니까 여기 너무 좋아, 그리고 진짜 사랑해, 라고 말하는 내가 있고, 그 뒤로는 간혹 파도의 기척 정도만 느껴질 정도로 칠흑 같은 바다가 고요히 펼쳐져 있어.

문득 외롭다는 생각이 잔뜩 쏟아진 향수처럼 지나치게 퍼질 때면 꼭 찾던 영상이었는데, 어젯밤, 마지막으로 두어 번 정도 반복해서 재생해보고는 냅다 지워버렸어. 영영 지워버렸다고. 영상 하나 지우는 데 뭐 그리 호들갑이냐고, 너 사소한 거 하나 하나에 신경 곤두세우는 버릇 여전하구나, 라며 지금 당장이라도 네가 말을 걸어올 것도 같아. 그런데 그게 나에게는 정말 마지막이었거든.

이미 다 녹아버렸다는 걸 알면서도
끝끝내 놓지 못하는 희망 같은 거 있잖아.
하나도 부질없는 거.

너도 알고 있잖아. 그게 너와 내가 같은 시간과 공간에 함께 있었다는 사실을 증명해줄 유일함이었어. 그래도 놓아줘야지. 이제는 정말 막다른 길임을 인정해야지. 발이 나아가는 방향을 아주 조금만 틀면 저기 새로운 길이 있다는 걸 우리는 알고 있으니까.

있잖아, 나 오늘은 정말로 바다에 가고 싶었거든. 그런데 하필 아침까지만 해도 바삭하게 말라 쾌청했던 하늘이, 어느새 누가 물이라도 한 솥 가득 부어놓은 듯 젖어 있는 거야. 그래서 가지 않았어. 비 오는 날 밤 바다를 마주해서는 안 되는 일이니까. 한번 손에서 훌훌 털었던 걸 다시 쥐게 되면 아주 큰일이 날 것만 같았어.

너는 줄곧 어두컴컴해서 아무것도 보이지 않는 밤 바다를 좋아했어. 나는 그런 너를 위해 평생토록 비 오는 날의 밤 바다를 포기할게. 맞아. 네 말대로 사소한 거 하나하나에도 온 생애가 뒤흔들릴 만큼이나 헤픈 사람으로 살고 있어. 그러니까 여전히 말이야.

오늘 바깥 한번 내다본 적 있어?

비가 정말 많이 와.

그때만큼은 아니라도 정말 많이.

잘 지냈으면 좋겠어. 수상하면서도 낯익은 바람이 솔솔 불어오는 밤이야. 나는 이만 숨죽여야지. 네가 다시 이곳으로 올 수도 있겠다는 생각이 불쑥 찾아오기 전에. 그날도 딱 이맘때쯤의 여름이었고, 비가 무지막지하게 쏟아지고 있었고, 너는 몹시 맑고 고운 눈으로 바다에 가고 싶다 했어. 나는 이제 그 밤의 바다를 전부 잊을게. 영영 지우고서 다신 들춰보지 않을게.

## 마지막 러브레터

그러니까 너와 아주 헤어져 버렸던 날이었어. 왜, 그런 느낌이 들 때가 있잖아.

정말 영영 이별이구나,
우리는 이 순간부터 곧 죽어도
서로를 지그시 바라보며 웃어줄 날에 닿을 수 없겠구나,
하는 아픈 확신이 까끌한 다각형의 형태로
온 혈관을 무식하게 떠도는 것 같은 느낌 말이야.

그때 나는 그만 죽어버려야겠단 생각이 극에 치달은 상태였어. 너와의 이별도 이별이었지만, 야속하게도 온 마음을 줬던 친구마저 세상을 떠난 직후였거든. 맞아, 너도 아는 그 친구. 하늘도 참 무심하셨던 거지. 물론 이를 핑계로 너의 동정을 얻고

자 하는 마음은 추호도 없어.

겨울이었는데도 비가 억수같이 쏟아졌어. 우리가 가장 좋아했던 빗소리며 비 내음이며 하는 것들이 밤낮으로 일렁였지. 그러다 하늘을 가린 깡마른 내 손이 점점 시야에서 흐려져 아득해질 즈음, 정말 눈 깜짝할 새에 구름이 걷히고 쾌청한 하늘이 고개를 내밀었어. 응. 우리 사이에 아무 일도 없었던 것처럼 감미롭고 말끔하게.

그것으로 지난 여름밤 한낮의 열기를 그대로 머금은 서로의 품을 퍽 광적으로 파고들고, 아기의 살갗처럼 보드라운 네 손과 비교적 거친 내 손이 서로의 벌거벗은 몸을 한껏 탐하고, 너를 죽도록 사랑해, 하는 말을 입에서 입으로 빠르게 전달하던 순간은 모두 약간 미쳐버린 내가 임의로 만들어낸 착각 따위에 불과한 일이 되어버렸어.

겨울이었지만 봄의 영향이 미약하게나마 코끝을 두드리던 날이었고, 가만히 생각해보면 꼭 여름의 장마철 같기도 했으며, 외로움이며 슬픔이며 하는 감정의 크기로 미루어보았을 때 쓸쓸한 가을 같기도 했던, 그러니까 그 위대하다는 사계절이 하나같이 손잡고 나 하나를 못 괴롭혀 안달이었던 치사한 날이었어.

혹시 관측목이라는 말을 알고 있어?

말 그대로 보고 헤아리는 나무라는 뜻이야. 서울의 여의도에는 커다란 벚나무 한 그루가 관측목으로서 제구실을 다 하고 있어. 완연한 봄이 되어 같은 도시 다른 지역의 벚나무에 꽃이 하나둘 피어난다 해도, 이 관측목에 벚꽃이 만개하지 않는다면 공식적인 개화 시기로 인정하지 않는다더라고.

그때의 나는 아마도 고집불통인 관측목으로 완벽하게 으스러진 우리 사랑의 정중앙에 버티고 서 있었을 거야. 그것도 시각과 촉각을 모두 잃은 채로. 내가 이 헤어짐을 인정하기 전까지는 아무도 우리를 따로 떨어트려 놓을 수 없다며 괜한 사람들에게까지 으름장을 놓곤 했으니까.

그때 만약 전날 내린 눈이 주황색 볕에 전부 녹아버렸다면, 내가 발을 내디딘 어느 곳에도 미끄러운 얼음이 얼어 있지 않았다면, 그래서 내가 한 번도 얼음을 밟고 넘어지지 않아 저 멀리까지 용케도 스멀스멀 기어간 제정신을 되찾아오지 못했더라면, 나는 지금쯤 싸늘하다 못해 시커멓게 식어버린 그 사랑의 언저리에서 기괴한 모습으로 늙어버린 고목이 되어 있을 거야.

저것 좀 봐, 벌써 동이 트려고 해.

그동안 우리 둘에 관한 거라면 활활 타는 달볕의 심장부에 쏟아부어 은빛으로 전부 태워버렸거든. 한데 어느 새벽에 네가 내

허리를 감싼 왼손에 힘을 세게 준 채로 말했던, 촉촉한 입술을 내게 맞추려다 말고 잔잔하게 흘려냈던 그 젖은 말만은 여태 기억하고 있어.

너는 눈이 참 예쁜 것 같아.

눈 밑에는 점도 있네.

그래서 네가 눈물이 많은가 봐.

이 말을 듣고 동시에 터져나온 웃음과 울음을 기억해.

참 오랜만에 너에게 편지를 보낸다.

그때만큼 차가운 겨울이야.

비보다는 눈이 잦은 겨울이고.

그러는 너는 건강하게 잘 지내고 있어?

나는 이제 커다란 슬픔에도 덤덤할 줄 아는 사람으로 변해가고 있어. 덕분이야. 그렇고말고.

함께 듣던 노래를 아직도 좋아하고, 하는 둥 마는 둥 했던 운동도 이제는 꼬박꼬박 열심히 하는 편이야. 비가 갑작스레 쏟아지는 날이면 우산도 없이 바깥으로 뛰쳐나가는 것도, 하루에도 몇 번씩이나 익숙한 장소로 산책을 나가는 것도, 그렇게 나선

길에서 거실 화병에 꽂아둘 꽃을 한 아름 사는 것도, 서점에서 책을 산 뒤에는 꼭 단골 덮밥집에 들러 우동을 먹는 것도, 바람에 흔들리는 나무를 올려다보며 말을 거는 이상한 버릇도 여전히 내게 있어.

그러니까 너와 아주 헤어져버렸던 날로부터 꽤 많은 시간이 흘렀어. 너는 더 이상 나를 아프게 하는 사람이 아니야. 그럼 이 겨울의 끄트머리와 봄의 초입 사이에서 편히 쉬었다 가. 원한다면 따뜻한 유자차라도 한 잔 내려줄게.

추신.

목소리가 잘 기억나지 않는다는 건
참 슬픈 일인 것 같아.

마치며

## ( 아무런 대가 없이 건네는 다정 )

나는 늘 무엇이든 쉽게 놓는 사람이었다. 떠나가는 사람이었다. 정말 좋아해서, 생각하는 것만으로도 심장박동이 바로 귓전에 울려퍼질 만큼 흥분되어 시작한 것이라 한들, 왠지 모르게 나를 쿡쿡 쑤셔댄다는 느낌을 받을 때면 도망치듯 그로부터 빠르게 멀어졌다. 들킨 도둑처럼 허둥지둥하기까지 했다. 놓아버린 것들은 때로는 깊은 사랑으로, 때로는 끝끝내 당도하고 싶은 꿈으로 내게 왔다.

나를 필요 이상으로 들뜨게 하는 것의 전율은 늘 찰나에 불과했다. 너무하다 싶을 정도로 빠르게 한계에 봉착했다. 그 차갑고 둔중한 벽 앞에서 나는 어쩔 수 없는 무력감에 휩싸이곤 했다. 나의 미족한 능력을 탓하고, 더 끓어오르지 못한 채 차갑게 식어버린 헤픈 감정을 탓했다. 그리고 종국에는 그 사랑과 일과

꿈과의 이별을 맞는 것으로 매듭지어졌다. 그 행위는 꽤나 반사적이었다. 인기척을 느낀 길고양이처럼, 흐트러진 물살 사이로 빠르게 헤엄쳐 사라지는 송사리 떼처럼.

'이제는 정말 그만둬야 하는 걸까?'라는 자문을 채 던지기도 전에 꽉 쥔 손의 힘을 전부 풀어버렸다. 참으로 멋없는 헤어짐이 판을 쳤던 지난날들이었다.

어린 시절의 나는 끝없는 이사와 전학으로 인해 늘 타인에게 낯선 사람이었다. 같은 언어를 사용하고, 눈동자와 머리칼의 색이 다르지 않은 가난한 이방인. 언제든 떠나간대도 이상할 것이 없는, 아주 잠깐 친구였던, 그저 낯가림이 심한 옆집의 남자아이였던 존재. 아버지의 잦은 이직과 친형의 중고등학교 진학 때문이었는데, 그 당시의 내게는 힘겹게 정붙인 곳에서 떠나고 싶지 않다 말할 선택권이랄 게 없었다. 무언가 시작되기도 전에 허무하게 끝나버리는 그 생활에 익숙해지는 것 말고는 정말 달리 방법이 없었다.

이따금 부모님을 향한 원망이 속 깊은 곳에서 복닥복닥 호흡하기도 했지만, 그 불건전한 마음은 얼마 지나지 않아 숨을 죽였다. 부모님 또한 나의 한 번뿐인 어린 시절에 훼방 놓고 싶어 했을 리 만무했고, 그저 눈물을 머금은 채 무언가를 포기해야만 하는 절체절명의 순간에 놓였던 것뿐이었을 테니까. 더불어 그들이 내게 무한히 건넨 사랑은 가히 초월적이라 해도 무방한 것이었으니까. 고작 자신의 자그마한 불만 탓에 선한 부모를 미워하는 마음을 품는 것은 결코 자식 된 도리가 아니지 않나.

그러나 그 갈 곳 잃은 불만은 그대로 걸음을 돌려 끝이 뾰족한 자책으로 변모했다. 나는 수시로 날카롭고도 불친절한 그것에 푹푹 찔렸다. 저 멀리 등 뒤로 유기하듯 무책임하게 놓고 온 일이나, 더는 나아갈 수 없을 것 같다고 판단한 일과 마주하게 될 때면 늘 나 자신을 원망하고 무시하기에 여념이 없었다.

나는 뭐가 이렇게 가벼운 걸까,
왜 자꾸 훨훨 잘 날기만 하는 연을 자진해서
끊어버리고야 마는 걸까, 라고 생각하면서.

어른이 되고나서도 그 지질한 버릇을 멈추지 못했다. 세월을 역행하는 철없음으로 매번 내 능력 밖의 일을 겁내면서도 동시에 동경했다. 내 속에서 약간의 희망 같은 꽃들이 피어나기도 전에 꺾이기를 반복했다. 하다못해 다음 단계로 넘어갈 용기를 꺼내 들지도 않고 쉽게 놓아준 일들을 가리켜, '그래도 낭만'이라는 허울 좋은 이름으로 부르기도 했다. 할 수 있는 최선을 다

했음에도 더 이상의 진전이 없을 수 있다는 보편적인 법칙을 인정하지 못했다. 그 시절의 나는, 한 번 펼쳐지지도 못한 채 버려진 책과도 같았다. 어딘가 근사한 말과 누군가의 삶을 통째로 바꿔놓을 수도 있을 만큼의 잠재력을 품은 채로 파랗게 죽어가고 있었다.

반쪽짜리 영혼을 허리춤에 차고 용케도 살아내는 날들이 실없이 이어졌다. 더는 무언가에 몰두하지도, 새로운 사랑이나 일을 찾아나서지도 않았다. 욕심이라고는 찾아볼 수도 없는 삶은 영 시시했다. 자기 것이 뚜렷한 성인이 되고자 했던 열망도 온데간데없어졌고, 내가 그간 어떠한 일에 쏟아부었던 순수한 열정까지도 헛된 일로 치부되는 순간이 허다했다. 물론 주동자는 다름 아닌 나 자신이었다. 비겁하고 극단적인 자책이었다. 스스로를 조금도 포용하지 않은 어리석음이자 악행이었다.

그렇게 주야장천 허송세월을 흘려보내던 중, 나는 해봐야 고작 서너 줄 정도 되는 문장 하나를 아주 우연히 (이제 와 생각해보면 그것은 꼭 필연 같기도 했다) 마주했다. 그리고 그 문장은 삽시간에 삶을 대하는 나의 태도를 완벽하게 바꿔놓았다. 더불어 깨달음의 묘미에서 오는 생명력 강한 기쁨을 알게끔 했다. 영국의 역사가이자 문명비평가인 아놀드 J. 토인비가 쓴 그 문장은 이러했다.

‘목표에 도달하는 가장 확실한 방법은 그 목표가 아니라 그 너머의 더 야심찬 목표를 향해 나아가는 것이라는 점은 역설적이지만 참되고 중요한 인생의 원칙이다.’

이후로 나는 상투적인 틀에서 벗어나기 위해 백방으로 애썼다. 이 문장을 등에 업고 전혀 다른 길을 걸었다. 기존에 내가 지녔던 구닥다리 관념에 또다시 걸려 넘어지지 말라고 나 자신에게 누차 강조했다. 그런 날들이 무탈하게 지속되고 새로운 습관이 몸 깊숙이 배기 시작하자, 나는 이전에 저질렀던 실수들에 대해 조금은 다른 방향으로 사고할 수 있게 되었다. 축축해질 기미가 보이지 않던 건조한 삶이 드디어 한 방울씩은 녹아내리기 시작한 것이었다. 이 책은 그렇게 방울방울 녹아내린 삶을 한 줌씩 조심히 담아둔 유리병인 셈이다.

이 책을 준비하는 과정에서, 더는 나아갈 수 없을 것 같다고 판단한 일 앞에서 한숨 돌릴 줄 아는 법을 배웠다. 더 끓어오르지 못한 채 식어버린 헤픈 감정은 결코 헤픈 것이 아니었다는 사실을 알게 됐다. 내가 할 수 있는 모든 것을 쏟았기에, 잠깐의 쉼이 필요했을 뿐이라고. 멈춘 이 자리는 단지 그간에 자신을 불살라가며 열심히 달려온 나에게 드리운 휴양지라고. 한계에 부딪힌 것이 아니라, 이 안에서 해야만 하는 일은 모두 끝냈으니 다음 단계로 나아가기 위한 재정비를 하는 거라고. 사랑이건 일이건 최선을 다했다면 당연히 '잠시 멈춤'이라는 안내 표지판을 맞닥뜨리기 마련이고, 그것은 곧 내게 있어 성장의 발판이 되어줄 것이라고.

이렇듯 우리는 모두가 완성된 존재일 수 없기에 계속해서 진화를 거듭한다. 독립적인 존재가 되기 위해 자신의 삶을 주도하는 법을 끊임없이 연구한다. 이루고자 하는 목적이 단 한 가지뿐이거나 한 가지가 아니라도 좋다. 지나치게 고집스러워 보이거나 사방팔방 흩어져 다소 산만해 보인대도 다 괜찮다. 사람들의 시선으로부터 해방되어 온전히 나 자신으로 살아가는 것이 가장 중요하다. 타인의 입에서 뿜어져 나오는 비아냥거림은 어차피 그리 오래 살아남지 못하고 소멸해버린다.

내가 가고자 하는 길의 모퉁이에
단단한 각오만 걸어둘 수 있다면,
그 길에서 필시 마주하고야 말 고통과 권태를
나의 탓으로 돌리지 않을 자신만 가지고 있다면,
그것으로 우리는 충분히 잘해내고 있다고 말할 수 있다.

삶에 정답이란 없다는 뻔한 말은 사실 절대로 뻔한 말이 아니었다. 우리는 모두가 다르게 나아가고 있고, 그 여러 갈래의 길 중에서 공식적으로 틀린 방향이라 표기할 수 있는 길은 어디에도 없을 테니까.

그제야 언젠가 어머니와 아버지가 나에게 스치듯 해줬던 말의 온기를 보다 가득히 느낄 수 있게 됐다. 그것은 전부 나를 진심으로 응원한다는 뜻이었고, 세상 그 무엇보다 사랑한다는 뜻이었고, 나의 휘청거림에 누구보다 커다랗게 동요하고 있다는 뜻이었다.

"엄마는 네 마음이 제일 중요해. 그러니 돈 못 벌어도 괜찮고 가난해도 좋으니까, 네가 그 일을 하면서 마음이 견딜 수 없이 아프다면 기꺼이 꽉 쥔 손에 힘을 풀어도 돼."

"내가 대학 시절 교내 학보사 편집 국장직을 맡으면서부터 글쓰기에 대한 꿈을 키워왔었어. 물론 지금은 그 근처에도 가닿지 못한 모습이지만 말이야. 그래도 내가 그토록 원했던 길을 이렇게 네가 묵묵히 걸어가고 있는 모습을 보면 참 대견해. 대견하면서도 슬프단다. 얼마나 마음고생이 잦은 길인지 누구보다 잘 알고 있으니까. 그러니까 이 아빠는 이렇게 옆에서 아무 조건도 없이 응원만 하고 있을게. 쭉쭉 나아가게 해달라고, 그리고 조금은 덜 아프게 해달라고 기도하면서."

어머니와 아버지가 내게 해준 말의 분위기는 서로가 퍽 달랐지만, 말하고자 하는 요는 모두 같은 방향을 가리키고 있음을 모르지 않는다. 어머니가 바란 나의 평안과 아버지가 바란 나의 순항은 전부 나의 행복과 직결되는 것들이었다. 아무런 대가 없이 건네는 다정이었다. 그들은 내 행복이 그 무엇보다 우선인 사람들이었다. 그러니 어린 시절, 주눅 든 나의 얼굴을 보며 그들은 얼마나 큰 진동을 느꼈을까. 얼마만큼이나 소스라치게 무너지고 있었을까. 그때의 나는 정말이지 말 그대로 '시근머리 없는' 어린아이였던 것이다.

나는 이제 그게 어느 곳이든 나는 듯이 갈 수 있다. 숨이 찬다면 근처의 튼튼한 나뭇가지를 찾아 잠시 앉아 쉬기도 하면서, 마음이 멍울진다면 멈춰선 채 천천히 문지를 줄도 아는 여유를 가지고서, 그 길이 내리막길이라 한들 망설이지 않고 썰매 위에 오를 수도 있는 용기를 가지고서. 나도, 당신도 이렇듯 각자의 길 위를 지금처럼 개성 있게 거닐면 된다. 삶에 일어나는 모든 사건을 땔감으로 삼고서 내내 정다운 걸음을 내디디면 된다. 앞서 말했듯 틀린 길은 없고, 우리는 모두 조금씩 나아지고 있으니까.

이처럼 삶의 곳곳에서 얻어낸 애틋한 다정 덕에 내가 다시 편안함에 닿을 수 있게 되었듯, 부디 이 책이 당신에게도 그러한 역할을 해줄 수 있기를 조용히 바라고 있다. 단연코 아무런 대가도 바라지 않고 있으니, 그저 계속해서 살아갈 용기와 이유를 얻게 되었으면, 끝없는 절망에 한 발도 물러서지 않고 싸울 수 있게 되었으면 좋겠다.

모두가 그럴듯한 모습으로 성장하고 있다.
사랑과 꿈을 마음 다해 좇을 줄 아는 사람으로.

사랑하는 나의 어머니와 아버지
그리고 하나뿐인 친형.
마지막으로 이 책을 쓰는 동안
내가 지나친 외로움에 빠지지 않게끔
틈틈이 말동무가 되어줬던 몇몇 사람들.
고맙습니다.